心灵的窗口

潘吉 著

国际文化出版公司

· 北京 ·

图书在版编目（CIP）数据

心灵的窗口／潘吉著. — 北京：国际文化出版公司，2020.4
ISBN 978-7-5125-1177-4

Ⅰ.①心… Ⅱ.①潘… Ⅲ.①散文集－中国－当代
Ⅳ.① I267

中国版本图书馆 CIP 数据核字（2020）第 003664 号

心灵的窗口

作　　者	潘　吉
责任编辑	赵　辉
封面设计	鸿儒文轩
出版发行	国际文化出版公司
经　　销	全国新华书店
印　　刷	三河市华东印刷有限公司
开　　本	880 毫米 ×1230 毫米　　32 开
	8 印张　　　　　　　160 千字
版　　次	2020 年 4 月第 1 版
	2020 年 4 月第 1 次印刷
书　　号	ISBN 978-7-5125-1177-4
定　　价	42.00 元

国际文化出版公司
北京朝阳区东土城路乙 9 号　　　　邮编：100013
总编室：（010）64271551　　　　传真：（010）64271578
销售热线：（010）64271187
传真：（010）64271187-800
E-mail：icpc@95777.sina.net
http://www.sinoread.com

心灵的窗口（代序）

　　触摸心灵，需要一个通道，或许文字是最好的选择。一行行文字如同一根根枕木，铺就一条理想的轨道，向着远方延伸，最终抵达心灵的家园。

　　人之心灵，并非虚无缥缈的海市蜃楼，而是实实在在藏隐于每个人心中一个特殊的"场"。它既是生命之场，以一种看不见的形式与我们身体的其他感官相互依存相互作用；它又是能量之场，通过对感知的认识、物质的消化吸收转化成一种无与伦比的勇气和力量；它更是情感之场，以融入喜怒哀乐的方式让人们的精神世界变得丰富多彩。

　　心灵本应是一个自由的王国，可常常被禁锢于现实之中，就像小时候我们只能瞒着大人去学校后面的虞山脚下放飞自我。在那里，我们可以无拘无束钻洞挖泥，可以尽情嬉闹、歌唱或诅咒，可以淋漓尽致地挥洒我们的汗水和泪水。心灵蕴含着气质、欲望与本能，而更多蕴藏着蓬勃向上的能量。为心灵开一扇窗，或许会看到生命的另一番精彩。

诚然在滚滚红尘中，我们忙于生计，或图于名利，很多时候忘却或打乱了心中那个"场"，但这不应该成为生活的借口和理由。我们除了对物质的需求，更需要精神的享受。物质和精神的比重大小，某种程度上彰显了不同的生活质量，分出了人之高低。虽然心灵不等同于人的精神和灵魂，但它们之间有着非常密切的联系。呵护心灵，让我们的生活更加美好，也让我们尽量脱离低级趣味，做一个高尚的人。

生活不止是苟且，还有诗与远方。读万卷书，行万里路，在阅读和行走中或许更能净化我们的心灵。记得十多年前，当我站在世界屋脊的青藏高原上，面对广袤无垠的可可西里，仰望洁白妖娆的珠穆朗玛峰，俯瞰清如碧玉的羊卓雍措圣湖时，就会很自然地敞开心扉，以一种敬畏和尊重的姿态，与之对话，在重新打量世界和审视自我中，让自己变得谦卑、纯净、平和。

倘若每个人都能打开心扉，为心灵找一块更广阔的栖息地，那该多么惬意和美好。闻香识人——让我拥有了一把无法复制的密钥；远走的风——让我领略了一道难于忘怀的景致；故土之恋——让我感受了一缕挥之不去的乡愁；心情小筑——让我进入了一处曲径通幽的禅房；水韵江南——让我看到了一方温润富足的宝地。

当然，生活是复杂多变的，有失意，有哀伤，有坎坷，有苦难……很多时候无法遂人所愿，但我们不必怨天尤人。不是有这样一句众人皆知的名言吗，"上帝给你关上一道门，定会为你打开一扇窗"。是的，不一定非要门，有窗足矣。

伫立于心灵的窗口，愿我们每个人都能看到真实的人生和别样的风景，都能听到自己内心的声音。

潘　吉

戊戌年正月于常熟虞山脚下

目 录

第一辑

闻香识人

一把无法复制的密钥

远方的阿姐

不知道多远算远方。如果从我居住的长江中下游平原江苏，到母亲河的发源地青海，这样的距离应该算远了吧。

女作家林白在《去青海》的文章里说："青海有一个肖黛，人称妖女，但昌耀说她是古典主义者。两种相反的说法使我有一种隐约的兴奋。"这个被称为妖女的奇人，就是我私下里认的阿姐。之所以说私下里认的，只怪她没有亲口叫过我一声阿弟，也没有为我举行过任何形式的认亲仪式。当年，林白是怀着一种隐约的兴奋去青海见肖黛的。而我，是怀着一种异常兴奋的心情去西宁参加第二届"青海湖之夏"文学（诗歌）节，在开幕式上偶遇肖黛的。

那天，在欢迎晚宴上，我们坐一桌。之前，在青海，我谁都不认识，确切地说，谁都不认识我。坐在我对面的梅卓，著名藏族女作家，因为读过她的书，见过她的照片，才算第一个对上号。大概我来青海之前与梅卓老师通过一次电话、发过两条短信，故她自告奋勇地把我介绍给大家，也把在座的一一介绍给我。肖黛坐在我斜对面，第一感觉确如林白和已故著名诗人昌耀说的，"妖与古典"，让我顿生一种说不清的敬畏感，当梅卓老师介绍之后，这种敬畏感愈加强烈："青海师范大学中文系教授、省作协副主席、诗人……"而我，只是一个从江南小城来的文学爱好者。我瞥了她一眼，她却打量着我，拿出邻家大姐的姿态热情招呼我，第一句话就关照我先把手头那碗酸奶喝了，说是喝酒吃菜之前，先喝一碗酸奶可养胃助消化。大家也附和着，要我先把酸奶喝了。酸奶很浓，浓得有点化不开，我平时不喝它，当我坐在海拔 2200 米青海省委党校餐厅里喝下那碗酸奶时，内心一阵充盈，还没喝上一口青稞酒，脸色竟已经红润了。坐在肖黛身边的青海人民出版社美女编审辛茜，抿着嘴朝我咯咯地笑。同桌的八九个人除了我来自遥远的江南水乡，其余都是西北高原的，虽然是第一次谋面，但我一点也不感到陌生，甚至有一种在家的感觉。说来奇怪，我对肖黛虽有一种说不清的敬畏，可竟然毫无陌生感。我们的交往就这样开始了。

之后几天，在历经青海三州二县的采风路上，我感受着天之蔚蓝、地之广袤、山之雄奇、水之浩荡，奇特的秀美山川和丰厚的多民族文化让我流连，而这一切，肖姐成了我最好的向导和讲解员。在金银滩大草原，肖姐深情地为我讲述王洛宾创作那首《在那遥远的地方》歌曲的采风经历和与藏族姑娘卓玛的动人故事。肖姐是个细心人，知道我从平原来，可能会有高原反应，悄悄为我备了"红景天"和润喉片，虽然采风团有随队医生。肖姐又是个善心人，那天在青海湖边，我见格尔木《绿地》杂志执行主编吕鲜红赤脚蹚进湖里戏水，忍不住诱惑脱了鞋也想跟着下水，她一把拉住我命令般地说："这湖水很凉，不能下，要感冒的！"恭敬不如从命，我只好穿上鞋，回头朝她做鬼脸。肖姐也是个有爱心的人，那天在"金色谷地"热贡，我见识了世间最精美的"唐卡"，同时也见到了一位她认养多年的可爱的藏族小姑娘。如今她俩已是母女相称。在她干女儿家里，我品尝到了藏区最可口的水果。

青海的山水风物很难忘，更难忘的是那些在青海认识的朋友们，肖姐是最有个性的一个，也是最难忘的一个。也许是缘，她瞧人的目光犀利，而对我充满友善；她说话的语调高亢，而对我十分温和。在与肖姐的交往中，最令我意外和感动的，是分别前的那个晚上，她很郑重地邀请我去她家做客。同去的有深圳作协副主席、担任电影《双旗镇刀客》编剧、电视剧《水浒传》编剧和《激情燃烧的岁月》总策划的杨争光，新疆石河子作协主席、《绿风》诗刊主编曲近，新疆建设兵团文联秘书长、兵团作协副主席秦安江，青海省作协常务理事、海北藏族自治州作协主席、《金银滩》文学杂志主编原上草。这几位都是她的好同学、好朋友，把我这个无名之辈列在其中，怎么不令我意外和感动呢！

肖姐的家在省委大院里，一路上我寻思，她老公一定是省里的一位高官，见了面该如何称呼呢？机关大院门口应该有岗哨，我稀里糊涂不知怎么跟着就进去了。肖姐家的客厅很大，那天她老公出差在外，只有我们几个来自天南地北的人，大家围坐在一起，以酒代茶，边喝边聊天，老友新朋频频举杯，一杯又一杯，总也喝不醉，看来肖姐的酒比茶还爽口。

听友人讲，肖姐在文坛上出道很早。担任过省领导秘书的她，20世纪80年代已在省城西宁有相当高的知名度，曾是青海省青年诗人联谊会秘书长，被公认为青海当代第一位女诗人。除了诗歌，散文也是她的强项，一篇《寂寞天鹅美》，让多少痴男信女踏上了探访"天鹅美"的生命旅程。天鹅美，在于寂寞。正如文首所言："寂寞有时是一种异常美的境界……"每当我遇到挫折、失意、烦恼、浮躁的时候，就会打开收藏的文档，从这篇美文里找到那片宁静湛蓝的深湖，并用心默默朗诵，从而进入一种异常美的境界。

肖姐是个很爽朗的人，说话铿锵有力。不过，作为一个女人，一个拥有一定职位的女人，内心深处定有某个柔软的角落。想必，在这个角落里可以安放今生来世的寂寞，用她的话说："生的寂寞，死的寂寞，生死皆美。"我不妨引用一段她在《寂寞天鹅美》里的文字，与大家分享："寂寞呵，寂寞离人是多么遥迢。但，耐得住寂寞的人仍是有的。汪曾祺先生有书《沈从文的寂寞》，文中说，寂寞是一种境界……沈从文笔下的湘西，总是那么安安静静的，边城是这样，长河是这样，鸭窠围、杨家岨也是这样。汪先生言，从某个意义上，可说寂寞造就了沈从文，他的四十本小说，是在寂寞中完成的，他所希望的读者也是'在多种事业里低头努力，很寂寞的从事于民族复兴大业的人'。(《长河》题记)安于寂寞是一种美德。寂寞的人是充实的。"不难看出,这种寂寞的美德和充实,不仅仅是沈从文和汪曾祺,也正是肖姐所追求的一种人生境界。

分别多年后的一个金秋,灿烂的阳光照在我脸上,口袋里的手机突然震动起来,我掏出一看,是肖姐的电话。平时我俩很少通话,赶紧接听,莫非她来江南了?果真如此,她在杭州灵隐寺旁的中国作协杭州创作之家疗养,说等疗养结束,想来常熟看我。我巴不得她来呢,立即满口答应。

那天,我驾车去苏州火车站接的她。肖姐不喜欢在豪华的大酒店用餐,晚宴就选在虞山脚下宝岩生态园里的小凤农家乐。我叫上了一帮常熟文友,一起作陪的有:俞小红、浦仲诚、王晓明、鲍金芬、陈琪、顾鹰等。俞老师和浦兄等人还与我一起,陪同肖姐游览了虞山尚湖和兴福寺,湖光山色见证了我们相逢的快乐和友谊。

肖姐回去后,写了一篇《南方手记》收录在了她新出版的文集里,其中有一章专门献给常熟的美文。我不忍一个人独占,想与家乡的朋友分享,但又不知如何复述,请阿姐原谅我的无能,只能原文抄录,以表感激之情。

刚到常熟时,觉得常熟人幸运非常,因为常熟的山水温文娴雅。

山,唯是虞山,满身披绿敷茵。横卧北方十里,纵往南去一爿,所谓十里青山半入城。蕴乎那空翠的澄鲜花木,芳菲爽劲,更是散发着人的品格中开豁舒泰的气息。南齐时期建造的兴福寺，顺山势而构于其间，为这山架骨撑腰似的，也为参禅祈愿辟开了轩敞的净处。特别注意寺院中的数排水杉，竟在一瞥间，就能分明它年陈日久的敛藏似的，节节攀崇高，层层长意境，拱起主干的修长挺拔，映衬青冠的穿云出巅，同种种斑驳一起，与其时岁相符，与其法化感通。人们在殿堂的肃穆里，两掌合十，虔诚朝善。恭身起敬过后，或勾留，或踯躅。或到廊外沉坐竹椅木凳，或去径旁弄水沏茶啜饮。杲杲之下，那葱茏的水杉树向人们倾泻下来的荫绿，恰又是一种古拙却不失实际的庇护。习俗使然，人们凡获闲暇，多登虞山上，好摆脱杂务，好欣赏风景，也好滋养心性而焕发蓬勃精神。

水，最美尚湖，涟漪轻拂虞山。都说是殷末姜尚姜太公避纣王暴政，隐居于此垂钓而得名。不过鸥枭鸣咽的朝代早化为乌有，旧昔已经无以辨识。放眼望去，塔亭立涧壑，舟桥浮烟波。除了布局新颖的形廓，世代相传的淳厚之风也扑面而来。比如姊妹姑嫂们的方言，蔚成四下里水声流响的好听。比如岸边的遗古碑铭，仍然纷呈着教人以谦逊奉学的规箴。见得水上林岚树影，见得水面鸥鹭交飞，乏趣的客套没了，束性的拘谨没了，已然恣情任意，希望自己也迂徐起来，让思绪通贯于细绸软缎般的水中。于是沿着水的婉约行走，也是希望把这尚湖的水，统统收聚在胸内。及岸而止处，还出现了湖区附近的农人茅舍。阳光照耀着农人头顶，花萼悬垂在茅舍檐下，一派井然的乡坊秩序。很明显，生活的富庶赖于尚湖水，富庶的生活却肯定靠辛劳的汗水换取。

这如画的风景，怎不迷恋人人，怎不陶醉个个啊。

想想，这山水自然与人的亲密连接，会不会使人际的隔膜层免祛，或者让情感的枯竭度减至最低呐。果真如此的话，我在常熟三两日所触及的真挚周到，才算是有了由来——常熟的文学朋友逢迎和款待我时，表达了友情交谊的深重，但言语浅淡，甚至略显腼腆，没让我有半些惝惶，倒仿佛他们是受纳者而非施惠者。仅此一点已足够想见他们平日接人待物的风格，不鄙吝褊狭，不尖刻张扬。他们笔耕不辍，随兴随性而不计褒贬。他们足以代表全部常熟人的生命态度。当痛楚不可避免，他们将百般坚韧。有大福大禄降临，他们会汲采裨益。像常熟山水的紫气溟濛，从他们的灵府发出的日光和落霞亮灿灿，温暖着此次行程，装扮着此番气色，影响着感知及心神之游。

现在觉得了到常熟的非常幸运，因为常熟人的美好精致：

男人娶了水一样的柔情，用心智致诚，尽盛气谋事。

女人嫁了山一样的从容，像藤蔓卷丝，当若婀若娜。

这是对常熟山水的赞美，是为常熟朋友的祝福，也权做于常熟的一丁点儿回馈。

肖姐对常熟的赞美和祝福，让我无比感动，再次拉近了友情的距离。

有人说，缘分如同爱情，是不需要理由的。其实，人与人、人与物、物与物，都应该有某些契合，只不过暂且不知道或者说不清罢了。故我一直有这样的疑惑，我与肖姐年龄不同，背景不同，生活不同，一东一西，为何与其如此投缘，或者说，她怎么就像邻家大姐那样善待我呢？直到那日她给我寄来一套《肖黛诗文集》，才让我找到了一个理由。她在书中是这样介绍自己的："肖黛，学生，教师，读者，著者。籍贯渤海胶东湾，生于南海厦门，长于东海舟山，工作于西部青海。所谓作客古今往来，濯足南北西东，卅载文学因缘，一切与水有关。"好一个"水"字，不正与"江南水乡"很契合吗？愿这份透明温润的"水"，化作甘露，滋润心田，永不干枯。

与肖姐一别又已多年，不知她在远方可好？

老陈酒事

熟悉老陈的人都知道，老陈除了好茶，酒是他的另一大爱好。老陈大名陈武，身高马大，如他的名字，结实得像一坛陈年老酒，敦厚醇良，稳重低调。但只要酒坛子一打开，就会立马生猛威武起来，两眼放光，炯炯有神，一看就是块喝酒的好料。

平时我不敢老三老四地喊他"老陈"，而是左一个"陈兄"右一个"陈兄"地拍他马屁。因为老陈的身份地位令我敬畏：中国作协会员，江苏省作协理事，连云港市作协副主席，曾任《连云港文学校园美文》执行主编，现兼任北京鸿儒文轩文化传播有限公司总策划、编辑，山东人民出版社北京分社编审等职。老陈的文学成就更让我敬佩：从1991年开始，在

《人民文学》《作家》《钟山》《花城》《十月》《青年文学》《清明》《长城》《文学界》《红岩》《天涯》等国内三十多家文学杂志发表各类小说五百余万字，三十多篇次的中短篇小说被《小说月报》《小说选刊》《中篇小说选刊》《中华文学选刊》等选载。十余篇小说入选各种年选。出版或发表长篇小说《连滚带爬》《我的老师有点花》《植物园的恋情》《蓝水晶》等四部，中短篇小说集《阳光影楼》《一棵树的四季》《一路上》《洁白的手帕》《六月雪》《倒立行走》《在别处》等八部，散文随笔集《海古神幽连云港》《南窗书灯》《流年书影》《俞平伯的诗书人生》《在德意志阳台上》《野菜部落》等七部。创作电视栏目剧《苍梧人家》等电视剧集二十余集，《拉车人车小民的日常生活》等中短篇小说被译成英、法等文字在国外出版。

这次借京城之皇气，我斗胆放肆一回，晒晒与老陈在"皇城根儿"喝酒的趣事、囧事、开心事。

第一次在"皇城根儿"跟老陈喝酒，是我貌似以作家身份去"高大上"的鲁迅文学院学习期间，那个时候也是老陈刚从"黄海之滨"北漂到"天子脚下"打拼。两个远离故土的老男人，虽然各自的家遥隔千里在江苏的南北两极，但出了本省来到陌生寒冷的"帝都"，自然成了两眼泪汪汪的老乡，多了一份相见的渴望。

深秋的北京，除了寒冷，还有挥之不去的雾霾。平日里我宁可一个人窝在寂静的宿舍里发呆，也不太愿意出门去长城、故宫等景点凑热闹。那天，同学邀我去香山看枫叶也被我婉言谢绝了，而京城的哥儿们叫我喝酒竟欣然答应，看来唯有诱人的美酒佳肴才能敌过秋风萧瑟的寒冷和危机四伏的雾霾。好客的哥儿们还说，在北京有朋友什么的，可一起叫上。我脑海里翻腾着，浮现的第一人便是老陈。其实，来北京之前，我在鱼米之乡的"沙家浜"，充当"阿庆嫂"接待过老陈几次，与他喝过茶、聊过天、吃过饭，但唯一亏欠的是，没陪他喝过酒，要喝也是看着他一个人喝或让别人陪他喝。因为我给自己定了一条不成文的臭规矩，在家乡本地努力做到滴酒不沾。

挂了朋友的电话，我就打老陈手机。我想，这回不在家乡本地，臭规矩自然失效，要好好跟老陈喝一次。老陈倒也爽快，二话没说就答应过来。我想，老陈不全是冲着美酒佳肴，更看重的是兄弟情谊，毕竟我俩的友谊不是一天两天了，在京城第一次相会能不给面子吗？我对将要开启同饮一壶酒的新时代十分期待，至少在我俩之间有着里程碑的意义。

牛气的哥儿们，把喝酒地点安排在一个戒备森严的地方。几年前，我曾去过那里，好在还有些记忆。老陈不认识路，我俩相约在公主坟地铁站西南口碰头。地铁站有四个出入口，走错一个口就南辕北辙。可担心的事还是发生了，老陈真的走错了口。我又是电话又是短信说在西南口等他，但他已经出了东北口。公主坟地铁站周围是一个巨大的环形交通枢纽，几乎分不清东西南北，望着眼前车水马龙的道路和头顶上犬牙交错的高架，要想从一边绕到另一边，对于一个不熟悉周边环境的外地人来说，简直比走迷宫还难。我俩在迷失中只能不停地打电话保持联系。好在老陈聪明，叫我待在原地别动，自己连问带找终于摸到西南口。只见他裹着一件戴帽的灰外套，风尘仆仆向我走来，边走边一个劲地向我挥手。我激动得像见到了失散多年的亲人，也连连向他招手示意。

京城的哥儿们拿出了珍藏多年的飞天茅台招待我和老陈。酒逢知己千杯少，第一次跟老陈喝酒我就使出了全力，由于不胜酒力，即便喝的不上头的茅台，也败下阵来，很快进入了微醉状态。老陈喝得比我多，可依然脸不改色，好像喝的不是酒，是白开水。那天，酒台上说的话我几乎记不得了，只记得老陈说，下次请我去他那儿喝酒。

皇城地儿大，车多路堵，我出行多半选择地铁，坐地铁最大的好处是不堵车。老陈住东五环外的朝阳区北京像素，我住西二环外的西城区木樨地，一东一西相距遥远。从地铁1号线"木樨地"出发至少要转两趟车，才能到达离他住处最近的6号线"草房"站，马不停蹄也得一个多小时。难怪我几次叫老陈来我住的地方喝酒，他一开始答应的，但真到了那个时间节点总有这样那样的事情一次都没来成。想必老陈是个"吝啬的家伙"，不愿意把宝贵的时间浪费在不见天日的隧道里。故每次在皇城跟老陈喝酒几乎都是我去他那儿。

记得第一次去老陈那儿喝酒，就在他住的那个北京像素小区里找了一家小饭馆，两人要了两瓶100ml牛栏山二锅头，点了三四个菜，坐在高脚的原木凳上，小酒咪咪。虽然没有觥筹交错的热闹，但老友相见，分外亲切。那次，是我在京城喝酒喝得最惬意的一次。我问老陈，一个人躲在小阁楼里办公，不寂寞吗？老陈说，不寂寞。他说在京城有很多圈内的朋友。

后来，我跟老陈喝酒次数多了，真的发现他除了写文章编稿子、做选题搞策划，跟京城文学、出版界的人来往密切，不少还是如雷贯耳的大咖级人物。

一天，我跟老陈去三里屯使馆区对面的团结湖，与杂志社的编辑谈了一点事，天就黑了，窗外高楼上的霓虹灯开始眨眼睛。老陈面子大，叫上杂志社领导和美女编辑一帮人，就在附近找了一家饭馆，喝酒聊天。大冬天的，那气氛的热烈劲儿，胜似进入了盛夏。那天，在场好几位是江苏人，就点了号称中国十大文化名酒的"国缘"。见家乡人，喝家乡酒，自然多了几分亲切感。喝完酒，老陈还在兴头上，提议去附近茶室喝茶、掼蛋。一副牌捏在手里，心思全在大鬼小鬼上，时间很快就过去了。你赢我输，你输我赢，几圈牌下来，不知不觉已是午夜时分，连地铁都回家睡觉了。

从茶室出来，北京城已进入半梦半醒状态，大街上行人稀少，的士一辆一辆疾驶而过，就是不肯带我们去见"周公"。我和老陈像两条被人遗弃的野狗，站在马路边任凭寒风摧残。老陈借着尚存的几分酒劲，扯开嗓门骂了起来。至于骂的什么，恐怕只有风知道。终于等来一辆北京现代，由于我俩住的地儿方向相反，只能分道扬镳，我让老陈先走。老陈还没上车就一阵紧张，发现口袋里的钱没了，也不知何时何处丢的。我偷偷塞了老陈一张红彤彤的伟人像，把他推上车，保佑他一路平安。

在北京的日子里，几乎每个月要与老陈小聚一次，小聚的必备节目当然是喝酒，两人边喝边聊，说些与文学和图书出版沾边或不沾边的事。后来发现，每次与老陈喝酒，我总有一些意想不到的收获。比如那年夏天，我俩嚼着花生米喝着燕京啤酒，喝到开怀时，他布置了我一个书写中国梦的任务。后来数次喝酒，每次敲木鱼，硬是逼我这个懒人整出了一部20万字的长篇小说，并帮我起了一个极具正能量的书名《因为有爱》。其实因为有酒，才成就了我的这部小说。虽然写得很一般，没能达到老陈想要的高度，但他给了我很多鼓励和帮助，给了我满满的爱，就像对待十月怀胎的婴儿那样，从受精、发育到成熟，老陈一路呵护，直到降生。老陈是贵人，令我终生难忘。

那日，朋友推荐我一部《含泪活着》的纪录片，很感人，讲述一个男人在国外艰难打工的故事。片中的主人公老丁为了梦想，为了家庭和孩子，独自一人在异国他乡打拼十五年，与妻子分离十三年未谋一面。在老丁身上，我看到了老陈的影子。虽然与老丁相比，老陈幸福多了，每年可以多次回连云港老家与老婆孩子团聚，但他俩的本质是一样的，都是为了家庭和孩子的幸福，抛儿别妻，离开家乡去遥远的异乡打拼，表现了一个男人的责任和担当，实属不易。

老陈虽然一个人在京城孤独生活着，但在他的"嫡亲老板"崔总关心下，住的地方依然可以弄成像家的样子，有厨房有冰箱，几乎什么都不缺，因此一日三餐经常可以自己动手。老陈说，下次来喝酒我俩不去外面，要亲自为我下厨做菜。可每次我去他那儿总给我吃"空心汤团"，直到我离开北京，也没尝到他亲自掌勺的美味佳肴。

一年后，当我再次去北京的时候，老陈又邀我去他那儿喝酒。老陈说，他提前下了班，还特意去菜场买了菜，这次一定不让我失望。我听了很激动，说得我胃里痒痒的，嘴里直淌口水，憧憬着盼望已久的饕餮大餐。

按约定时间，我信心满满地准点到他那儿。这次他又搬了新居，说居住条件比以前更好了。新居还在原来的那个小区里，只是换了一套房子。我轻车熟路，按照老陈提供的地址，很快找到了他的新家。

当大门打开的那一刻，我就闻到了一股淡淡的卤香，放眼望去，桌子上已经摆了好几碟菜，牛肉、羊排、猪手、花生米……老陈说，不好意思，今晚又尝不到他的手艺了。哎，怎么回事，跟我开玩笑吧。我迷糊了，眼前这么多菜，难道不是给我吃的？老陈抬起他的右手无奈地说，刚受伤，不能掌勺做菜了，这些都是临时去楼下熟食店买的现成货。我听了虽有些失落，但很快把情绪调整过来，忙问，你的手怎么啦？老陈苦笑道，刚才削苹果弄破的。他告诉我，一只刚削好的苹果突然从手中滑落，他本能地去抓，苹果没抓着，却抓到了还在手上的水果刀。我仔细察看了老陈受伤的右手，包扎的范围还真不小，一定伤得不轻，心里忽地生出一丝愧疚，都是为了请我吃饭。

一会儿，老陈的"嫡亲老板"崔总也来了，带来了他们公司储备多年的陈酿好酒，据说也来自赤水河，与茅台一个老祖宗。老陈好客大方，又从厨房间里拿出了从老家连云港带来的花果山风鹅和黄海小虾米。我听他多次说过这一花果山特产，但还真是第一次见识。风鹅很香，可终究不是我的菜，以我的口味，最爱的还是充满海腥味的小虾米。

崔总的酒，口感不错，不是茅台胜似茅台。酒喝到一半，崔总兴许觉得大冬天的，招待我这个远道而来的熟客没有热菜不够意思，便站起来说去外面打包几个炒菜。我和老陈都说不要了，桌上的菜还有不少呢，有酒喝就不冷，况且室内有暖气。崔总毕竟是京城里开奔驰的年轻大老板，要面子，非要去外面打菜，说着就一溜烟地出了门。当热气腾腾的炒菜端上来的时候，我的胃口大增，内心充满暖意。

京城常去，与老陈喝酒几乎成了保留节目。最近的一次，是烈日炎炎的夏天，京城的气温与我们南方一个熊样，那个热不是一般的热，热到几乎爆表。不过，老天再热也热不过我与老陈的感情。当天下午，老陈知道我入住中国作家出版集团后面的世家精品酒店后，就风尘仆仆地从大老远的燕郊赶来与我会面。晚上，请我在酒店附近的"杨记兴臭鳜鱼"店里喝酒，品尝臭名远扬的"臭鳜鱼"。据说"杨记兴臭鳜鱼"是目前京城徽菜中炙手可热的新品牌，与我小时候常吃的臭豆腐应该是同一个祖宗，外焦里嫩，入口味浓，闻着臭吃着香。

进到三楼的店堂，我俩坐定。老陈把手一挥，楚楚动人的女经理飘然而至。老陈说，把我的酒拿来。看来老陈是这儿的常客，连酒都寄放在店里。我俩面对面坐，杯觥交错，老友相见分外亲热。店里备有自取的免费小菜，老陈又把手一挥，美女经理心领神会端来了凉拌萝卜皮和海带丝两碟小菜。凉拌萝卜皮是老陈的最爱，他一连要了三回。这看似不起眼的凉拌萝卜皮，脆甜爽口，果真好吃。

这次京城之行，似乎有点奢侈，四天时间与老陈喝了三天酒，最难忘的莫过于两个人躲在酒店的房间里喝酒聊天。或许是外面餐馆吃腻了，肠胃有点"审美疲劳"，加上天热，于是我俩决定去街上采购熟菜、啤酒和水果，准备在居住的小窝里自起炉灶。虽然摆在眼前的都是凉菜，但两个人吹着空调，聊着"山海经"，吃得津津有味，自由又自在，胜似活神仙。

与老陈喝酒的次数多了，慢慢谙熟了他的酒性。老陈酒量大，且什么酒都能喝，在我眼里是个底气十足的酒老虎。相比之下，鄙人只能算一只酒苍蝇，自惭形秽。老陈最大的优点是开局的酒风好，矜持、儒雅、低调。特别是遇到别人请客，一上来会给主人吃定心丸，让买单人感觉到春风般的舒心。他像一位资深的品酒师，先轻轻呷一口，让酒分子在舌尖上打几个滚，然后歪着脑袋再抿嘴咂几下，最后晃动酒杯摆出一副专家的样子作权威发布：嗯，好酒！

当然，上了酒桌的老陈也不是一直低调，喝到一定份儿上就会弃杯举瓶，一改开局时的矜持和儒雅，立马展露他超人的酒量。酒后的老陈，脸色微红，神采飞扬，说话铿锵有力，特别是似醉非醉的样子十分可爱。忘了谁说过这样的话，大意是：酒可以点染情绪，使你的思维删繁就简，使你的语言单刀直入，你会从种种繁文缛节的思虑中脱颖而出，宛若裸露的胴体，真实不虚。我喜欢老陈酒后的豪放和洒脱，兴许唯有把酒喝到一定高度才能彰显一个男人的真性情。

快乐的哥儿们

　　——一位令我敬仰的兄长，一个快乐而亲和的男人，他的名字叫荆歌。因为快乐，大家都非常愿意接近他；因为亲和，我可以没大没小地直呼其名。

　　第一次见荆歌，是在苏州作协的一次小说年会上，他的形象就给我留下了深刻难忘的印象。瘦长的个儿，飘逸的卷发，两只可爱的虎牙，成了荆歌的"招牌菜"。会上，大家围坐成了一个"正方形"，我和荆歌坐在对角线的两个点上，虽然距离远了些，但仍清晰可见。

　　也许是缘，我与荆歌一见如故，从认识那天起从未有过陌生感，像前世的亲眷。每次与荆歌见面，感觉他很慷慨，总会带来一个巨大的快乐气场，令在场所有的人笑逐颜开。如果与荆歌在一起，谁觉得不轻松不快乐，那这个人十有八九是个不解风情的怪人。

与荆歌接触多了，我发现他有一个特殊的优点，喜欢在女人面前当面夸人家，魏微、戴来、朱文颖、洁尘，还有吴江本地的李云、尼楠、曹建红、李红梅、金华等一大批美女作家。就如叶弥说的："他永远夸奖女人。说实话，作为一个女人与荆歌相处，你会很高兴，你若是脸色好，他马上夸你漂亮；你若是脸色不好，他会夸你衣服漂亮；你脸色不好衣服也不漂亮，他会夸你老公好……你一无所有，他会夸你小说写得好。"叶弥说的是实话，不过在荆歌心里夸得最多的还是他的老婆，他夸别的女人往往是当面，而夸自己的老婆常常在背后，这是我发现他的又一特殊之处。

我和荆歌不在同一座城市，但时常会念叨他，每每念起，脑海里就会像镜头一样闪现他在风中说话的笑容和拨拢长发的姿势。大多时候，他的说话就像风，吹得在场的人笑声四溢。我一直在思考这样一个问题：为什么女人们都喜欢荆歌？或许他的嗓音动人，很有感染力；或许他拨拢长发的姿势很艺术，能轻松地触及许多女人的情感神经。什么时候，我也想留个长发试试，看看我这根枯枝是否也能引来金凤凰。不过，我的职业不允许留长发，只允许剃光头，这也就成了我做不了荆歌的一个致命伤。当然，不仅是头发的问题，在文字的驾驭上，我跟他比也是望尘莫及。

荆歌生活在吴江，离我所在的常熟不远，同属苏州这个"人间天堂"。当年他参加高考后，就来到常熟地区师范（后来的常熟师专，今天的常熟理工学院）求学的，因此与常熟有过一段情。据他本人"交代"，十八岁那年来到常熟，就被那里的一切所吸引，它的美丽风景，它的美食，特别是散落于大街小巷的美丽姑娘，令其丧魂落魄。两年师范生活，他几乎沉醉在这个温柔乡里，没有把多少心思用在学习上，而是到处游玩，去剑门踏青，到读书台喝茶，登方塔，上辛峰亭，吃各种各样好吃的。当然，也冒着"生命危险"偷偷地谈恋爱（当时，学校每天都强调"三不准"，其中一条就是"不准谈恋爱"）。常熟给了他自由自在天堂般的生活。因此，他在一篇文章里深情地说过，常熟是他所到过的最好的地方。

他认为常熟这个地方虽然不大，但它要山有山，要水有水，要文化有文化，要物产有物产。所以直到今天，他每年要来常熟好几次，秋天赏桂花、吃蟹，冬天到虞山顶上一边晒太阳一边喝茶，一边看山下的风景。以前从吴江到常熟，要换几次车，路上要走一天。现在，开车上苏嘉杭高速，一个小时就到了，而且能将车一直开到山顶上，荆歌说，在山顶上看常熟，一下子就明白了什么叫作"锦绣江南"。所以外地来了朋友，他常常会把他们带到常熟来，带到虞山顶上，好像虞山是他承包的一座小山似的，常常引以为豪。

如今，令荆歌引以为豪的不只是常熟了，在他的微信里经常要秀西班牙的美景美食。据说他在西班牙买了房子，成了坐拥地中海和大西洋的主。

不过，他依然是江苏省作家协会的专业作家，写小说是他的看家本领。他的小说迷倒过一大批编辑，以至于有段时间一些作家大声疾呼：请荆歌同志留点版面给我们！从他的许多小说里，我们似乎能隐隐触摸到他曾经的艰难和痛苦，不过那种不快乐的沉重，很快被他的语言所融化。想必，荆歌在写小说的时候一定是快乐的，我甚至能想象他在某个时刻，会一个人情不自禁地露出那对可爱的虎牙，快乐得像块祥云玉。

快乐地写作是荆歌快乐人生的主色调。他在接受某媒体的一次采访中说过这样的话：我一直不认为写作是一件很苦的事。既然苦，又为什么要去做呢？我觉得进入写作的状态，是一种精神享受，用文字去回忆，去想象，去虚构，去飞翔，去漂流，这也是一种快乐。至少对我是这样。我之所以这么多年写作，写了许多字，就是因为尝尽了写作的甜头。倾诉和表达，不仅是心理需求，也是生理需求，所以说文学会消亡，那是不可能的。只有没用的东西才会消亡。写作对心理和身体都那么重要，它怎么会消亡呢？对于写作的意义，我早就想明白了，如果说要靠它出名，靠它发财，那是靠不住的。要青史留名，也不行。因为我们知道，古往今来，喜欢写作的人太多了。那么多人写，留下那么多好作品，自己要脱颖而出，简直是不可能的，比中奖还难。那么，为什么还写？还是为自己。喜欢呀，所以写。尽管一切都如烟云，最终会散尽，我们的宇宙，也有终结的那一天，但写作对我来说，还是有意义的。它给写作者的人生，带来了无穷的快乐。

现在，荆歌的快乐不仅仅在写作上，还在书法、绘画和收藏玉器古玩上。祝这位快乐的哥们在未来的日子里，继续快乐地写作、快乐地习字画画、快乐地把玩、快乐地生活。

附文：

爱你有多深

——对话荆歌

荆歌，男，中国作协会员，江苏省作家协会驻会专业作家。出版有《粉尘》《枪毙》《鸟巢》《爱你有多深》《十夜谈》《情途末路》《我们的爱情》《鼠药》《珠光宝气》等长篇小说及《八月之旅》《牙齿的尊严》《口供》《爱与肾》等中短篇小说集。

潘吉，男，中国作协会员，常熟市作家协会副主席。作品散见于《人民文学》《小说选刊》《延河》《长城》《雨花》《西藏文学》《边疆文学》《红豆》等文学期刊，出版长篇小说《因为有爱》，中短篇小说集《梅林深处》等。

潘吉（以下简称潘）：荆兄好！

荆歌（以下简称荆）：你好！时间真是快，一眨眼我们认识已有10年了。

潘：是啊。我突然发现一个奇怪现象，我们每次见面都很少谈及文学，尤其是聊您的小说。

荆：写作是我的工作，跟朋友聊天我更愿意聊文学之外的东西。就像你，下了班，还会津津有味地说工作上的事吗？

潘：嗯，您说得不错。不过，今天我想请您加个班，聊聊您的小说。

荆：有加班费吗？

潘：有啊，我会按照劳动法的规定付酬。不过，加班费暂为您保管，下次请您五星级酒店吃海鲜自助餐时一并支付。

荆：你别搞错啊，扣了我的工钱，还口口声声说请我去五星级酒店吃海鲜自助餐，世上哪有你这种朋友。

潘：吃的事暂且放一放，先谈工作好不好？说实话，以前读您的小说不是很多，后来读多了，发现您的小说很得小说之"小"的旨趣。

荆：怎讲？

潘：就小说而言，经过多年的种种所谓"思潮"之后，人们已经普遍接受一个常识，那就是，小说就是"小"说，而不是"大"说，它应该拒绝宏大话语。您的小说创作就是恪守小说之"小"的典范。在您构建的小说世界里，像牙齿、痒、咳嗽、昆虫等等这些摆不上台面的小东西小事情，都会被您信手拈来敲打成篇。这些东西在某种意义上作为意象，是否已成为您小说的隐喻？

荆：这可能与我的经历有关，我长期生活在小城，接触的都是小人物。到常熟师专上学前，我在照相馆工作，也形成了通过取景框看"世界"的习惯，往往只着眼于小处，但这个小处应该是很精彩的，而且往往是以小见大嘛！某些批评家、理论家们总在呼唤出现所谓"伟大""深刻"的作品，我只能说他们其实是站着说话不腰疼，不懂文学。坚守对小说艺术的忠诚这对我来说太重要了。

潘：看您的小说多了，觉得您对任何"小"题材的处理，都会将很专业的叙述与非专业的叙述非常奇妙地结合在一起，如同卡尔维诺式的机智幽默和寻常巷陌里的家长里短融合在一起，努力为讲述者提供各种表现机会。不管是叙述别人的故事还是自己的故事，都带有各自的体温和口吻，传递出不一般的特殊的气息。

荆：卡尔维诺是一位世界级的人物，难道我比他还牛？

潘：呵呵，各有各的牛法。总之您的叙述很有味，在那些来自市井千奇百怪的故事的讲述中，或宣泄，或游戏，或讽喻，或针砭，让读者跟着感慨唏嘘一番、沉醉忘我一番、愤世嫉俗一番，甚至有时只是嘻嘻哈哈一番。正是您的这种独特方式，为我们读者提供了有趣的小说和阅读的趣味。当然，您也为此付出了刚才您所说的无法"伟大""深刻"的代价。

荆：其实，生活和人性的秘密，也常常被这样揭示出来。"伟大""深刻"不是空洞，也不是研究和表达出来的。小说艺术是有它独特的法门的。

潘：您是什么时候开始写小说的？

荆：我最早是写诗的，后来写过一段时间散文，写小说应该是从 20 世纪 80 年代末开始的。第一篇小说是 1988 年发表在《苏州杂志》创刊号上的，名字叫《逝者如斯》，同期还发了我的另一篇叫《特异功能》。当时的主编是陆文夫。

潘：创刊号就让您占了两席。当时除了您，难道苏州没几个人写小说了？

荆：说明我的小说好嘛。其实，真正进入小说状态是 1990 年以后了。当时看到外面刊物上出现了一些全新的小说，那些不神圣的姿态一下子吸引了我，让我觉得没有伟大的心灵和深刻的思想，也是可以写小说的，而且这样的小说写起来更来劲。心里在呼喊：革命了！革命了！我就像阿Q一样热血沸腾，参加了革命。结果就一发不可收。当时已经有电脑了，我指法标准，全程盲打，打字速度惊人，仿佛几百万字能在一夜之间打出来。真是"尘土飞扬"，如果要描述我当时的写作状态，这四个字应该说恰如其分。我迷恋这样的场景，坠落其中不可自拔。那几年不包括长篇，光中短篇小说每年要发20多篇，写的自然更多了。

潘：听说您当时很牛，您的小说所向披靡。那些名刊大刊，如《收获》《人民文学》《十月》《钟山》《北京文学》《花城》《上海文学》等杂志的编辑都愿意把"房子"给您"住"。据说是毕飞宇还是苏童曾"警告"过您，说"荆歌，留点版面给其他人吧"！有一年我去南京参加省作协读书班，遇见毕飞宇，问及此事，他说好多人都这么说的。

荆：是毕飞宇说的，好朋友，玩笑话而已。不过，那几年我真是"疯"了，除了全国级大刊，许多省级刊物也没逃出我的"魔掌"，如《延河》《山花》《雨花》《江南》《作家》《作品》《鸭绿江》《长江文艺》《芳草》《小说界》等等。

潘：您确实很牛！上次我去上海见叶开兄，说您第一次上《收获》杂志，是他们编辑部从千万件自然来稿里发掘到您这块金子的。

荆：哈哈，说明他们很有眼光嘛。

潘：那您当时的写作，那种敬业的状态，有没有明确的目标？

荆：我写小说，不是因为"才华"，也不是敬业，纯粹是喜欢。当初并没有明确的目标，我的前方似乎永远一片模糊。我就像一驾奔跑着的马车，一路扬尘，自己也就在这种尘土飞扬中迷失了。进入新世纪以来，我一度感到特别迷茫。我经常坐在电脑前，半天都写不出一个字来。或者是，写着写着，我都快要睡着了。有时会失眠，我躺在床上，心里感到特别难过。写作对我来说，究竟意义何在？它有多重要呢？我是不是要通过它来向我自己证明什么？一旦写作的激情消失，想象力和创造力的翅膀折断，那么我是不是还有写下去的必要了呢？随之而来的问题是，我是不是还有活下去的必要？

潘：看来，您一度成问题青年了。诗人自杀的很多，幸好您不再写诗。否则，我们也许就无缘了。后来您是如何想通的？

荆：我这么想了很久，终于发现了真理似的发现：写作的全部意义，就是为了抵抗生命的无聊。日常生活时刻都在企图使我堕落，而我却要用足够多的幻想使自己飞升起来。写作就是抵抗和拯救，它是我的教堂，我的忏悔和礼拜日。它对写作者个人的重要性是至高无上的。

潘：写作的动机，每个作者都可能不同，您有没有想过青史留名？

荆：要说青史留名，那是多么虚无啊！每个时代都会产生无数的写作者，而真正优秀的一两个作家，无疑会将同时代所有的写作者都无情地覆盖。而历史的无限延伸又会遮蔽有限的时代的代表，使一切天才的劳动也都化为乌有。甚至人类的文明最终都将会坍缩在宇宙里。想这些问题，既是令人丧气的，却同时会令写作的真正意义凸现出来。从这个角度看，普鲁斯特是最令人羡慕的作家。

潘：普鲁斯特最幸运的，就是那部《追忆似水年华》的巨著，能在他生命的最后一刻得以完成。或者说，《追忆似水年华》让他抵抗了生命的无聊。

荆：否则，我们绝对无法想象，他那近二十年几乎与世隔绝的生活是如何度过的。

潘：我们别"偷越国境"了。还是抓紧时间说说您的小说吧。您的第一部长篇是什么时候写的？

荆：第一个长篇是《漂移》，1998年1月出版的，是一部失败之作。当时我一点也没有写长篇的经验，偏偏又是一本应约之作。当时《小说选刊》的崔艾真帮长春出版社组织一套新生代长篇小说丛书，约我加盟。另外还有毕飞宇、东西、李冯。它写得太密集，是以写中短篇的手法和状态来写的一个长篇。但我并不怕提及它，至少给以后的长篇写作以一些反面的经验。

潘：之后的《粉尘》就让人喜欢多了，虽然也不能算是精品力作。

荆：《粉尘》是我自己非常喜欢的一部作品，与《漂移》的间隔时间很短。写得很轻松，从头到尾，不到20天的时间就写好了，只可惜当初发表和出版的都不是"足本"。

潘：怎么回事？

荆：当时《大家》杂志的海男打电话向我约稿，说他们杂志要开辟"长篇短制"的栏目。海男来电话，我正好写完了《粉尘》，于是就决定给她了。但为了符合他们篇幅上的要求，就要删。我自己删了五六万字，真是伤筋动骨。本来这部长篇要给作家社出的，但海男说，在《大家》发了，就一定要给云南社出，并许诺出书的时候，可以把删去的补上。但后来，他们出了一套书，还是"长篇短制"。

潘：呵呵，看来让您有些遗憾。

荆：好在五年后，贵州人民出版社为我出了增补本，弥补了。不过书名被改成了《慌乱》。乱改，气人的。

潘：《粉尘》虽然写的都是一些小人物，但您在那么一个微小得近乎局促的环境中，却充分展示了人们内心丰富而又巨大的世界。您把空间设定在乡村中学之中，这跟您的经历有关吗？

荆：我当了八年中学语文老师，那几乎是我的全部青春。从我二十岁到近三十岁，许多人和事，涂写在我生命的白纸上，永远是那么杂乱而清晰，很难将其覆盖。

潘：我觉得，《粉尘》真正有意味的，不是它写了些什么，而是它怎样写的。您在整部作品中运用了大量的"反讽"手法，达到了一种令人吃惊的程度。如"我"到溜冰场滑冰，鞋上的一个轮子突然脱落，把"我"摔倒在地，"我"跟溜冰场交涉，工作人员"居然一定要我赔鞋"；马校长为了给新教工接风，吩咐食堂赶制萝卜丝饼，"大家于是放开吃，吃得好几天连续放屁。萝卜屁与萝卜丝饼的气味正好相反，它其臭难当"；在于雯落水身亡的追思会上，马小艺用钢琴弹奏哀乐时，

"越弹越欢快"，"她似乎被自己的弹奏所吸引，她有点欲罢不能的样子"。这些"反讽"随处可见，犹如一曲"十面埋伏"，处处机关，既使作品跌宕起伏，平中见奇，又让作品妙趣横生，余韵无穷。

荆：写完《粉尘》后，我又发现，我应该是个天生的语言饕餮之徒，一旦远离大吃大喝式的铺张，我就清瘦得可怜。

潘：《粉尘》您写的是中学老师，而您的另一个长篇《鸟巢》写的是师专学生。这跟您的生活经历也有关系吗？

荆：是的。1978 恢复高考后，我就在你们常熟城里的苏州地区师范（常熟理工学院的前身）读的书，那段经历我至今难忘。其实，不管哪个小说家，生活中的许多人与事，都或多或少会投影到自己的小说里。我在写作的时候，有时甚至干脆用生活里的一些人的真名。这样写起来，觉得更真切，能闻到当时空气中的某些特殊气息，也能感受到这些人细小的表情和动作，以及他们的眼神，他们的呼吸。但作品完成之后，我会把真名全部替换掉。

潘：用真名的话，是不是怕惹麻烦？

荆：这倒不是怕惹麻烦，而是觉得没有这个必要，因为作品里的某人，已经不再是生活中的这个人了。至于有人喜欢对号入座，那也没办法，因为我写的是小说，不是纪实。

潘：《鸟巢》里的每个人物都有一些不可告人的隐秘，照相馆工作人员小安水草般的手和略显粗野的性格与情爱和生活的不和谐密切相关，照相机主人地瓜的失身，女生纯思在两个男朋友之间的感情玩火，"我"、柳键、查志平的双性恋等等，这些隐秘，在以校园为基本环境的人们的生存关系中，构成了巨大的潜在危险。一部捉弄了几个人命运的照相机，最后竟发现安躺在山腰的鸟巢里。当胶卷洗出来后，原本以为上面的人物会是柳键、纯思、大河马，但不是，而是罗丽老师。这一结尾很有意思，是您事先设计好的吗？

荆：这个结尾，并非事先设计，而是临时想出来的。你也知道，许多时候，写着写着会灵光一现，就像找女朋友，可遇不可求。书出版后，美女作家北北替我想了个更荒诞的结尾。她说，胶片洗出来，上面没人，而是一群鸟。

潘：在这部小说里，您似乎越来越注重故事的连续性和整体性。小说的故事从考试到毕业工作是完整性的过程，那架照相机也经历了它的借用、丢失和找回的完整经历。可以看出，那架照相机在这部小说中所起的特殊作用。围绕照相和这架照相机，您发掘出了无数的故事环节，而且把小说中每一个事件、每一样道具的作用都发挥到了极致，让所有的人物命运都发生不同程度的变化，甚至有的是毁灭性的。如大河马，他居然因为把照相机丢了，寻找照相机发现死尸而成为杀人嫌疑犯，他的生活几乎全部被照相机颠覆了。而"我"和"地瓜"的关系，都因为这架照相机而被重新决定和变异。人与人的关系，在这里通过人与物的关系折射出来，就多了一个中介作用，因此显得有了层次感，有了更多的意味。这正是您的不同凡响之处。

荆：说到《鸟巢》，给你讲个事。有一次我在虹桥机场看到一位姑娘，手里拿着一本《收获·长篇小说增刊》，里面就有我的《鸟巢》。当时我真的有点激动。差一点上去与她搭讪。但我又怕她告诉我，她买这本杂志，只是想看里面另外的小说。我就克制住自己，远远地看着她，仿佛看到她的目光，扫过《鸟巢》的一行行。这种感觉真是非常美妙的。

潘：嗯，发现有人关注自己的作品，即便是"意淫"，也是很开心的，何况对方是位美女。对了，我突然想到一个事，也是关于"鸟巢"的。您的《鸟巢》是2002年的作品，而北京奥运会的"鸟巢"好像是2003年才出现的。您有没有向北京奥组委索要冠名权使用费？

荆：两码事，呵呵。

潘：呵呵，开个玩笑。还是言归正传。从您第一部长篇小说《漂移》到后来的《粉尘》，再到后来的《鸟巢》《爱你有多深》《鼠药》等，前前后后您写了十多部长篇。有人说，《爱你有多深》是您最好的一部长篇。您是如何评价自己这个"孩子"的？

荆：痫痫头儿子，总归自己的好。所以，还是让别人评价更为妥当。

潘：《爱你有多深》也恪守了您的"小"说之道，写的也是小人物。用《收获》编审叶开兄的话来讲，是一部"小人物的诗篇"。

荆：这部小说是2002年首发在《收获》上的，2004年给了作家出版社出版。

潘：初看题目，让人感觉应该是写美好爱情的，但最后看到的却是一种被粉碎了的爱情，一个大悲剧。

荆：我觉得人生总体上就是一个大悲剧。生而为人，就开始上演一出悲剧了。主人公张学林与其父母、与其妹妹、与其女友、与其妻子，都是有爱的，且一直在努力地爱着，但这爱受到了许多捉弄和阻碍，有来自社会的，有来自命运的，有来自人性之恶的。到头来，所有的爱都被粉碎了。张学林的悲剧，是我理解的人的悲剧。

潘：在现实中，不是也有人活得很滋润吗？生活的磨难似乎与他们无关，天天灯红酒绿，夜夜笙歌鼎沸。

荆：也许正是由于生活的磨难，让这些看似快乐的人变得麻木了，或者他们是故意麻醉自己。我相信，在他们的内心深处还是经常会有疼痛感的，除非是白痴或植物人。

潘：作家是应该多关注那些有疼痛感的东西。《人民文学》编辑商震曾说过，他对作品最根本的考量，就是看其是否具有痛感。说到底，痛是生命最本质的体验，是文学的脊髓和血脉。

荆：从某种意义上讲，我倒希望人们都能够变得麻木一些。但在具体的写作中，我却更愿意把人生的残酷性揭示出来。不知你有没有看过我一个叫《雨夜花》的中篇？

潘：是不是 2002 年发在《花城》上、两次入选《2002 年中国最佳中篇小说》和《2002 年最具阅读价值中短篇小说》的那个？

荆：是的。这个小说，我把人的绝望处境写到了极致。它的责任编辑朱燕玲对我说，读了这样的小说，我们还怎么活啊！

潘：呵呵，我想，读了这样的小说，我们更应该珍惜自己的幸福生活。还是回到《爱你有多深》，我觉得您这部作品跟以往的创作有很大的不同，没了您惯有的那种饶舌的热情，叙述显得平实而凝重了。

荆：在这个小说里，"我"几乎不见了。而在我以前的作品中，"我"是无处不在的。张学林这个人物的身世非常悲惨，好像世界上所有的倒霉事都被他碰上了。他就在这个不幸的命运中挣扎着。我觉得张学林的遭遇，是很能代表人类的命运的。

潘：人活着，确实有很多悲剧的东西。要面对许多问题，而不少问题又是无力解决的。人在强大的命运面前，显得非常渺小。

荆：这点我在这个作品中表现得很充分，也可以说是我的世界观。我觉得积极的人生应该是由无数小快乐组成的，但总体上讲，人生是一场悲剧。

潘：在您众多的小说中，我发现您对婚姻家庭方面的东西情有独钟，而且喜欢写婚姻家庭中那种人与人之间的紧张关系，除了上面提到的《爱你有多深》，比如《疤》《父与子》等等。

荆：不错。我对婚姻家庭关系是关注得最多，思考得最多，也是写得最多的。婚姻家庭中人与人的紧张关系，虽然没有附着人生多么重大的意义，也谈不上可歌可泣，却常常是可圈可点的。它散发着烟火气，散发着家庭厨房的气息，琐碎的、零乱的、黏稠而磨人的、无法摆脱的。有时候，我觉得一场不那么顺利的婚姻或一个关系紧张的家庭，就像走了一回川藏线，销蚀了骨肉，切割了心灵，当一个人从这么一场婚姻或这个家庭走出来的时候，他就像一面战场上破碎的旗帜，令人终生难忘。

潘：《疤》是您2006年的一个中篇小说。这个由您一手"阴谋"策划的张高、马玉珍家庭，怎么那么狠心地让他们夫妻俩陷入长达一生的背叛和猜疑中？虽然他们对爱始终没有泯灭过，吃力地维系着这个婚姻，但这种维系给他们带来的，不光是身体上的疤，也是心灵上的锈蚀和损害，而且让他们彼此的损害变得更加长久，没完没了。我在阅读时仿佛也被深深卷入其中，不能自拔。看来您够"狠"的。

荆：我见识到了太多的婚姻，它们还只是人类痛苦生活的冰山一角。我越是深入到它的隐秘的角落，就越发现令人惊悚的事实。爱原本应该是婚姻的全部主题，但可怜的是，事实上，爱只是婚姻中一丝忽隐忽现的亮色。有时候它看不见了，有时候则会发现，它深深地勒进了当事人的皮肉间，像疤痕一样，轻易不让当事人感觉到。它常常是被忽略的。无论痛苦还是欢乐，都以一种惯性的形态向前滑行。或许我们都不愿这样，却又无法避绕，这就是现实。

潘：《父与子》应该也是2005年或2006年发表的作品，我记不得是在《钟山》还是《中篇小说选刊》上读到的，初看标题，知道是写亲情的，但读后让人大跌眼镜。里面的人物关系在您笔下都设计得那么紧张，方博与方老师父子，方老师夫妇，方老师与同事，方博与女朋友徐虹，徐虹与方老师，徐虹和遭方博玷污的女孩，铁路巡道员黄师傅与他的女儿等等，所有的人物都被紧紧绷在一根根弦上，弹奏出来的声音叫人提心吊胆，且担心琴弦会不会突然断掉。不知您写这部小说时有何感受？

荆：这个中篇是我 2004 年写的。前面我已经说过，通常我写小说的速度是很快的，叶兆言就曾经说我是一个文坛的"快枪手"。但这个小说我写得很慢、很用力。写的时候，时常会感到胸闷，感到呼吸困难，甚至窒息，我跟着故事里的人物，穿行在叫人透不过气来的时空里，穿行在沮丧、痛苦、绝望的气息中。

潘：呵呵，您这匹快马看来也有遇上拦路虎的时候。

荆：不能说是拦路虎，但确实让我写得很慢，用了好几个月才完成的。它一直堆放在那里，几乎占据了 2004 年整整一年的空间。那一年就像一个房间，这个小说就是一块石料，堆放在屋子的中央。我长时间地坐在一边看它，思考着如何将它雕刻成一件扎实的作品。我不时拿起凿子和锤子，刻凿它，敲打它。写作这个小说的经历，就像我过去的家庭，虽然它业已烟消云散，但对我内心的伤害将是永久的，尤其是父亲给了我太多的切肤之痛。

潘：父亲的形象在您作品中出现过很多次，但您笔下的父亲几乎都不是好人，父与子的关系近乎仇敌。这与您的生活经历有关吗？一般而言，父子情深，有严厉的一面，也有爱的一面。现实中的您跟您父亲是一种什么关系呢，能否说说您父亲？

荆：我父亲是一个很有才华的人，在音乐、美术、书法还有英语等方面都具有相当高的造诣。他一直在学校工作，但回到家中从来都不快乐。他的性格是非常有问题的，非常专制，不仅自己不快乐，而且让家里所有的人都无法快乐。在我的内心里，与父亲一直都是对抗着的，几乎没有父子之情。

潘：听您这么说，好像您跟父亲苦大仇深。能不能把这种所谓的恨，理解为另一种爱呢？

荆：我们之间没有仇恨，只是冷漠。二十多年，同在一个屋檐下生活。那种冷漠，真是让人受不了。我曾有过一段离家出走的日子，但想到母亲伤心欲绝的样子，我心一软，就回去了。想起这个，我感到非常悲哀。我与父亲的关系，已经不是通常意义上的父子对抗，我们之间毫无感情可言。

潘：如此看来，您跟父亲不是骨肉关系，完全是一种冰冷的石头关系。您现在还不原谅他吗？

荆：怎么说呢。我父亲去世已经多年，石头早已化为泥土。今天似乎更应该以善良之心来谈论他，但我觉得更应该尊重事实。我多么希望他能重新出现在我的生活里，让我们从头再来，但我知道人死了不能复生的。况且，即便重生，恐怕跟我还是捏不到一块儿去。

潘：看来您也是一个十分较真的人。不过，跟您认识这么多年，感觉您是个十分和蔼、百分幽默、千分快乐、万分风趣的人。

荆：在朋友们面前我是活泼开朗幽默的，在私下里我是阴郁孤独乖张的，因为童年不幸的生活，以及父母之间的纷争，造成了这样的性格。也让我不敢相信我会拥有美满的婚姻生活。所以三十岁的时候我还没有一个安定的家。

潘：但我知道，您现在的婚姻很美满啊，有一个美貌的妻子，还有一个可爱的女儿，一家人很幸福。上次您跟您太太来常熟，我见过她一面，弯眉细眼的，长得很秀气，一看就是典型的江南美女。

荆：她小我3岁，但看上去比我小很多，娇小玲珑，确实是我喜欢的类型。

潘：那当然，不喜欢还会跟她厮守到现在。你们是自由恋爱的吧。

荆：不，我们是经朋友介绍认识的。第一次见面，没有那种一见钟情触电的感觉，当时朋友给了我们两张电影票就走人了。我记得我们看的是武侠片，片名忘了，看完电影我就把她也给忘了。

潘：真是的，有您这样谈恋爱的吗？

荆：你不知道，婚前我们相处得非常别扭，干什么都是不欢而散。两人打算结婚了，到上海南京路的王开照相馆去拍结婚照，现在都想不起来是为了什么，在南京路上不欢而散，当然，最终还是在旅馆会合了。就是在蜜月旅行中，也是这样。因为几只猴子，我们在张家界赌气分了手，我往山下走，她只管上山。后来我感到害怕了，我突然想到，她的身上没有一分钱，与我失散之后，她将怎么回家呢？抬头看山，山谷里飘落下一个塑料袋，令我惊心，误以为她纵身从山崖跳下了。我决定立即上山找她。我找到了她，从那时起我和她才慢慢恩爱起来。

潘：我觉得您跟您太太很有夫妻相。

荆：嗯，我和太太天生性格比较般配，现在老是我奉承着她，而不是她来奉承我，她也不会反过来欺负我。她表现得被动我就特别有动力。有人说，婚姻就像跳探戈，你进一步，他就退一步。这个说法很形象，也只有这样夫妻才能不相互踩脚。

潘：如此看来，你俩的探戈一定跳得很合拍啊。

荆：我们现在非常友好地相处着，恩爱有加。我觉得婚姻的好坏主要靠运气，运气好了，良性循环，你会用全部的热情来对她好，理性上讲是值得，感性上是你不由自主地愿意爱护她。我属于特别珍惜家庭的男人，主要是我尝到了家庭的甜头。在家里，我很喜欢扮演"买汰烧"的角色。

潘：一个人一生的苦乐是均衡的，过去您在家庭中饱受苦难，现在是该享受快乐的时候了。恕我老套，祝您和太太白头偕老，一生幸福！

荆：谢谢！

潘：我们的谈话怎么不知不觉又偏离了文学的轨道？

荆：文学与生活本来就是一家子嘛。不是有一句话，文学源于生活。

潘：好，时间不早了，今天的班就加到这儿。

荆：五星级酒店的海鲜自助餐，别忘了噢。

潘：改天一定！

难忘鲁院

上　篇

第一次去鲁迅文学院学习，是 2004 年的盛夏，想象中 8月的北京一定很热，但一下火车，京城的天空就派出清凉的细雨迎接我。这次有幸参加鲁迅文学院举办的文学创作进修班学习，是一次令我难忘的经历。

鲁迅文学院是国内第一所也是唯一一所专门培养作家的高等学府，她的前身是中国作家协会文学讲习所，1984 年正式定名为鲁迅文学院。半个多世纪以来，鲁迅文学院组织了茅盾、郭沫若、冰心、冯雪峰、老舍、叶圣陶、赵树理等一大批国内第一流的作家、评论家、学者、教授参与教学，新中国培养的知名作家中起码有半数以上是经过了鲁院的熏陶而成材的，后来成为著名作家的马烽、玛拉沁夫、邓友梅、蒋子龙、张抗抗、王安忆、莫言、毕淑敏、邓刚、荆歌等都曾在鲁院学习过。

在为期十多天的进修时间里，我聆听了二十多位久闻大名而未曾谋面的作家、学者、教授、编辑等著名人士的精彩讲课，每听一课总会增添一种能量引领我拾级而上，从而站到更高一层的文学瞭望台，让我开阔眼界而看得更广、更远。鲁院胡平副院长深入浅出的讲授，让所有的同学得益匪浅而感到时间的短暂；以撰写和编辑《与魔鬼下棋——五作家批评书》和《十博士直击中国文坛》等书而闻名当今文坛的人民文学出版社副编审、青年评论家李建军，用激情传递了他的文学观；留法8年曾在巴黎大学任教的王歌教授的讲演让我们听到了来自法国"反小说"的涛声，这滚滚而来的海浪曾毫不留情地"颠覆"了中国四平八稳的文坛，我似乎已经听到了罗伯·格里耶、西蒙、杜拉斯、比陶等人踏浪而来的脚步声；而作家们更侧重于写作技巧的传道，女作家徐坤谈女性文学的创作和写作的理想与激情；军事文学作家乔良讲述军事文学的题材和他那部与他人合作预测未来战争走向的《超限战》，著作中的奇思妙想早在美国"9•11事件"发生的一年前就已提到了类似事件的预测；著名作家梁晓声更是细致入微地把文学作品中的"情节"和"细节"讲深讲透，在与同学们的互动中传递着他的真知灼见，课堂气氛十分活跃；而作为中国作家协会书记处书记的著名诗人吉狄马加则从正面立场出发，告诫我们的作家和文学爱好者在文学创作时要把人类的命运、社会的命运和民族的命运贯穿到我们的文学作品中。鲁院副院长白描、《当代》常务副主编常振家、《人民文学》副主编李敬泽、《诗刊》副主编叶延滨、《十月》副主编周晓枫、首都师范大学文学院长吴思敬等专家学者也都纷纷站在鲁院的讲台上，发出了来自文坛各种不同而有力的声音，百家争鸣的文学气息十分浓郁。

学习时间排得满满的，丝毫没有懈怠，鲁院普及部的老师们认真负责的敬业精神给我留下了深刻的印象，特别是井瑞老师克服了年高听觉不好的困难，不管白天还是晚上，只要有课他就全程陪同。学习的内容丰富多彩，我们不仅在鲁院学习，学院还安排我们参加了由中国作家协会主办、北京朝阳区文化馆和上海文广影视集团等单位承办、中国诗歌学会协办的"纪念邓小平诞辰 100 周年诗歌朗诵会"。2004 年 8 月 15 日那天在北京朝阳区文化馆的小剧场内，那演出场面令人感动和激扬。著名作家苏叔阳和刘宏伟主持了诗诵会；周正、殷之光、张筠英、瞿弦和、阎怀礼等许多社会名流深情朗诵，深深打动了在场每一个人的心；邓小平的扮演者之一、也是众多扮演者中唯一当面见过小平同志的著名演员曹灿出场，把诗歌朗诵会推向了高潮。我的同学王兵兵还即兴充当了一回小平的女儿毛毛，当曹灿要求找一位观众与他配合演出时，我就力推坐在我前面的王兵兵，还给她充当了一回摄影记者，她真的很像毛毛，以至于台下好多观众以为是组织者的特意安排。

提起王兵兵同学，在我的记忆中，这位漂亮的东北妹子的脸上总是挂着热情、开朗的笑容，殊不知她的双亲已早早离她而去，成了她内心深处永远的痛。一想起班上的同学们，眼前就会立即浮现出许多无法忘怀的影像。来自深圳的黄秀萍因水土不服而身体不适难忍，我就把从家里带来的药给她服用，这一举手之劳竟让她谢了我好多次，在我们分别的时候她还忘不了再说一声谢谢。油城大庆的张合英听说我来自江苏，眼睛一下子就发亮，她用东北人特有的豪爽握着我的手说，我太高兴了，回去一定要告诉我妈我见到老乡了。那份激动劲儿着实有点像失去联系多年的地下党找到了组织那般情形，原来她的父母都是支边到大庆当石油工人的江苏人。有着经商头脑和炒股高招的珠海弄潮儿陈伟跃，在一个物欲横流重重包围下的城市里难得还有这份文学情结，着实让我敬佩。每个人的背后都有很多感人的故事，只是我无法把全班八十多位来自全国各地同学的情况一一道来。

在鲁院，同学们谈论更多的是文学，大家对文学的热爱和对文学的追求都有一种说不完道不尽的东西，其实在每个人的背后都有许多鲜为人知的情结或原动力，文学的细胞早已深深融入了每位同学流淌着的血液里。因为我曾看到为作诗而热泪盈眶的人，我曾听说为写作而放弃一切的人，我还看到为热爱生活而笑对苦难的人，我还见到为表达心声而纵情歌唱的人。这群人都怀着那颗对文学执着而虔诚的心，心中充满着痴狂的激情，而这种激情正是文学创作所需要的，在布满荆棘的文学路上勇往直前。

我们这个班的学员来自祖国的四面八方，从南方的广东、福建到北国的黑龙江、辽宁；从沿海长三角地区的江苏、浙江到历史人文丰富的湖南、陕西。汇聚在鲁院是一种缘，相识在鲁院是一种情。也许彼此相互间的情缘不一定永久，相聚的时间更是极其短暂，好在那个留着一头飘逸长发的网络高手王圣强已在搜狐网站的校友录里为我们"文学创作进修班"学员开设了专门的网上班级，我们可以在那里经常见面，更可以推心置腹地畅谈文学和人生。

下　篇

十年，弹指一挥间。2013 年 10 月，当我以"鲁迅文学院第二期公安作家研修班"学员身份再次来到鲁院深造时，当年给我们上课的老师有的已成为中国作协和鲁院的领导。李敬泽、白描、胡平、乔良、周晓枫等当年教过我的老师，如今依然站在讲台上，为鲁院的学子们传道授业解惑。

第一堂是李敬泽老师的课，讲课的题目是"小说与人情"。但大家一看课程表都笑了，误以为李老师要讲小说与情人的关系，为此他在开讲前特意作了一番解释。两个半小时的授课和交流互动，擦出了智慧的火花，让文学的火种，点燃创作的激情。也就是从那刻起，我在鲁院学习的日子里发表了《兄弟》《迷雾》《英雄》等小说，出版了中短篇小说集《梅林深处》。

在北京的四个月里，鲁院的课堂成了我们的家，五十位来自全国各地的学员，认真聆听了李敬泽、白烨、刘庆邦、施战军、成曾樾、梁鸿鹰、张华清、格非、冉平、郭艳、白描、胡平、陈晓明、乔良、叶广芩、武和平、张策、赵兴红、阎晶明、何向阳、何建明、冯秋子、王久辛等著名作家和文学评论家的授课，也聆听了中央党校、中央社会主义学院、国家宗教局、中国社会科学院文学研究所、中国电视剧编剧工作委员会、北京电影学院、中央音乐学院、中国艺术研究院戏曲研究所、国家民委政策法规司、国防大学、中国社会科学院外文所、中国电影文学学会等单位专家教授的讲座。学校还聘请了《人民文学》邱华栋、《小说选刊》王干、《中国作家》艾克拜尔·米吉提、《诗刊》商震、《十月》陈东捷、《民族文学》叶梅、《青年文学》李师东、《啄木鸟》张曙等8位重要文学刊物的主编或副主编作为学员的导师进行课下辅导，同时组织了五场"文学沙龙"和四场"文学对话"，与周晓枫、邵燕君等著名作家、评论家就文学的当代性和小说、散文、诗歌等创作进行交流互动。组织全体学员去河北保定狼牙山采风和浙江绍兴、湖州等地进行社会实践，组织观看北京人艺经典话剧和国家大剧院交响音乐会等演出。同学们还自发组织去中国电影资料馆，观赏了多部中外文艺片。开拓了认识世界的多维视角和宏观视野，得到了全方位的艺术熏陶。

我们这个班，虽然只针对公安作家，但完全按照鲁院高研班的教学要求，包括学习时间、课程设置、导师辅导、社会实践、集体研讨等各个方面，都与高研班接轨。如此高规格的专门为公安这一行业作协开班，在鲁院的教学史上开了先河。记得那天在开学典礼上，中国作协领导透露了一个信息，说鲁迅文学院为一个行业开办作家研修班，公安是第一家。其他行业很羡慕，他们也想办这样的班，但迟迟得不到批准。是什么打动了中国作协领导的心让他们情有独钟地偏袒公安呢？答案竟是因为公安部领导说了一个很简单的数字，但这个看似简单的数字却是我们的警察兄弟用鲜血和生命书写的。公安每年都要牺牲四百多人，这是在和平时期一个比军队还要多的数字，是一个别的任何行业都无法超越的数字。所以中国作协党组书记说了这样一番话："为公安办班是应该的。当年抗美援朝的时候写过一个《谁是最可爱的人》，如果是现在要写一个《谁是和平时期最可爱的人》，我觉得可以说，我们的公安战士应该就是我们和平时期最可爱的人。"当我听到这番话的时候，所有的责任感、使命感和紧迫感一下子都涌上了心头。也就是从那天起，给我的长篇小说《因为有爱》播下了种子。

多年过去了，但我依然会想起在鲁院学习的那些日子，想起老师和同学们，想起中国作协和公安部领导对我们这个班学员的关怀。最令我感动的是，全国公安文联主席祝春林和全国公安文联秘书长、公安作家协会主席张策对我们这个班倾注了巨大的心血，给了我们公安作家极大的关爱。鲁迅文学院王冰老师和中国人民公安大学张山山老师作为班主任，在学习和生活上给予我们悉心指导和无私帮助，也让我铭记在心。

有缘相聚北京城，师生情谊永难忘。鲁院再次给了我扬帆远航的力量，给了我结交更多同行作家的机会。老师和同学们给了我很大的帮助，真不知道该如何表达我的感激之情，请允许我借用纪富强同学在联欢会上以班主任老师和全班同学的名字串烧而成的开场主持词，以表达我对老师和同学们的致敬和感谢！

在一个韦延丽的袁瑰秋，天边正飘逸着杨素宏（红）的马海霞，郑天枝上滴落着一颗颗夏晓露，我们攀过周东川，跨过徐振江，翻过张山山，跳过纪富强（墙），穿过种满宫桦的王皓琳（林），乘着张文潮，踏着张遂涛，相聚在王际源，由邢根民组成了一支张新军。

从开始的逯春生，到相互吴全礼，全班上下张和平，结下了深厚的陈谊。

我们开设了肖范科，朗读着张友文，学习从不鲍海鲲（困），反应相当许正敏，还不时对着彼此的卢婪（影），嘴角轻轻地刘一民（抿）。

不知不觉，天气已王冰，就要落沈雪，但我们举起杨亚玲（铃），使出崔楸立（力），争先恐后于隽永（泳），练得王健而又杨俊伟，浑身上下李树范儿，感到十分毛永温。经过磨砺和淬炼，我们各个堪称侯国龙，成为一支李万军，就像一片韩伟林。

值此欢聚时分，我们祝愿大家今后纷纷中得王富举，出出进进关长安，心想梦成张世凯，金光大道李小平，事业丰顺郝振铧（华），祥和潘吉韩金凯，人人长得张杰帅，一路杨歌郭文芳，夺取王玉山顶程峰上的李明珠，成为鲁院和公安文学事业最辉煌灿烂的苏雨景！

公安文学的明天很美好，但未来的路还很长。我会记着在鲁院认识的人和发生的事。所有这些都将时刻激励我，用攀登万里长城般的勇气，向着文学的烽火台继续前行。

文学的榜样

文学是一条漫长而布满荆棘的路，虽然前面有果树鲜花诱惑着你，等着你去采摘，但如果你刚启程，离它还十分遥远，可望而不可即。如果想继续走下去，到达理想的彼岸，那只能披荆斩棘勇往直前。不过，光有勇往直前的勇气是远远不够的，因为文学又是一条曲折而充满挑战的路。或许你已经走了很长时间，却常常误入歧途，走了很多弯路，甚至偏离方向，回到原点，或走进死胡同。

我算是半个幸运儿，虽然天分不够，至今没能摘到令自己满意的果子，但让我感动的是，每当在前进的路上遇到挫折、困难和迷茫时，就会有贵人出现，像启明星那样为我指明前进的方向，鼓励我努力前行。今天就说说这位令我终生难忘的师长——俞小红。

一

第一次知道"俞小红"这个名字,是二十多年前从一本《美女风情录》的书上看到的,这个清丽婉约的名字与书名一样,给人一种美的遐想。

《美女风情录》是一部由南京出版社出版的散文集,开本很小,宛若一位娇小可爱的窈窕淑女,很合我的审美情趣。封面右上角的打头位置标着"俞小红著"四个字,下方有一丰润的红唇,吻着"美女"的石榴裙、夺人眼球、撩人心弦,相信谁看到这封面、这书名、这作者名字,都会产生许多联想。说实话,在未见真人之前,手捧俞老师的《美女风情录》,内心充满了荷尔蒙的幻想。不知何故,当年从朋友那里觅得《美女风情录》,是一位受伤的可人儿,就像书中那位花容月貌、漂亮妩媚的女主人公刘三秀,在出嫁前已遭受失去双亲的打击而留下心灵的创伤。书到我手上,前扉和像页已不知被谁硬生生地掠走了,只剩下躲在书脊夹缝里的两片纸根,莫非那两页有作者的简介和玉照,有人已垂涎三尺占为己有。如此这般,这位藏在闺阁深处不露真容的作者,更平添了我的好奇和猜测。

那是 20 世纪 90 年代初,图书还不像现在这么泛滥,看到一本心仪的好书犹如一头饥饿的狼见到可口的美食,有一种急着去吞噬的冲动。打开书翻了几页,优美的语言和斐然的文采宛若一位娇媚的江南女子,即刻吸引了我的目光,一下子就爱不释手了。其实,我这个属虎之人,按平时的阅读习惯更具虎相，喜欢一个人静静地躲在一旁细嚼慢咽，故每晚将书放于枕边，临睡前读上几页，伴我度过孤寂而温馨的长夜。

给我印象最深的自然是开首那篇用于书名的《美女风情录》，写了清顺治年间常熟任阳乡一位叫刘三秀的绝色寡妇，不畏强暴，拒做妃嫔，为保清白，决然自尽的可歌可泣的一生。文章的最后是这么写的："如今三百余年过去了，三秀的墓葬早已无存。也许有人会问，你歌颂这样一个刚强而柔弱的女子，难道想为她树立一座一女不事两夫的贞节牌坊吗？否也。寡妇再嫁天经地义，封建贞节牌坊应该在新社会彻底扫除。刘三秀不贪图富贵荣华，不委身于杀人如麻抢掠烧杀的民族敌人，这样的民族气节应该得到肯定。目下正面歌颂描写清朝宫廷内生活的电视剧有许许多多，例如反映早期清室的《风流太子》《风流皇后》等电视剧，更是把豫亲王多铎当作奠定大清江山的正面英雄来写。如果从这一点来看，刘三秀一介弱女子，也应该有其光彩照人的一席之地。"此段文字写得真好！今日读来，仍醍醐灌顶，很有感触与共鸣。

书中还有一篇叫《主仆恋》，也是写常熟人的史实，男女主人公陆根荣和黄慧如，一个是乡下人男仆兼车夫，一个是上海滩上的千金小姐，仆人与公主，两人在同一屋檐下萌生了一发不可收的恋情。这让我想起英国女作家夏洛蒂·勃朗特的《简·爱》，同样的主仆恋，只是男女互换了角色，但最后结局却完全不同。东方和西方，人与人之间一样渴望平等，《简·爱》的女主人公面对不公，说出了这样的话："我贫穷、卑微、不美丽，但当我们的灵魂穿过坟墓来到上帝面前时，我们都是平等的。"是啊，人人都有追求平等的权利，但追求和实现平等何其难，尤其是《主仆恋》所处的那个时代。西方那个卑微的乡村女教师简·爱，最终嫁给了曾经高贵的庄园主罗切斯特，实现了肉体和心灵的平等；而东方的陆根荣和黄慧如受尽磨难，却只能天各一方，悲哀地度过余生。

《曾园的故事》是一篇记述晚清四大谴责小说《孽海花》作者曾朴这位名人轶事，诗化的语言，美不胜收。如果截取一段，敲几下回车键，就是一首优美的好诗。这样的美文在《美女风情录》里还有很多，且都与常熟有关。如此看来，作者俞小红老师也应该是一位常熟人吧。

读俞老师的文章，需要一个人静静地品、细细地阅，如同在一个宁静的午后，见到一位身穿花旗袍、手撑油纸伞、扭着杨柳腰、款款从小巷深处走来的江南女子，娇媚、优雅、风情万种，令人充盈着一种奇异的遐思，一种表面平静而内心激荡的亢奋，一种说不清道不尽的美妙。由此，俞小红老师成了我心中的偶像。因而，当我第一次给《常熟日报》"虞山"副刊投稿，一看编辑的名字叫俞小红，顿然增添了几分激情和动力。虽然只知其名、未见其人，但自然多了几许期盼，希望能选上我的稿子，当然更企望能早日见到梦想中的真人。

二

常熟是江南一座富庶的小城，虽然地处长江中下游平原，但要山有山、要水有水，文化底蕴深厚，生活在这里的人们安逸、幸福。俞小红老师与我都居住在这座小城里，城虽小，但如果两个从未谋面的人要相见的话也不是件容易的事。记得那年夏天，骄阳似火，我有事路过报社，走到报社门口，故意放缓脚步，期盼能和俞老师于此邂逅，但望着进出报社的人，才醒悟过来，连对方长什么模样都不知，邂什么逅？

与俞老师初次见面，有些戏剧性，不是刻意，也不是通过别人介绍，而是冥冥之中。那是我第一次给俞老师主编的"虞山"副刊投稿不久的一天，去报社约见一位记者，在报社的走廊里，听到身后有人喊"俞小红"的名字，我一个战抖回头一看，是两个男人在说话。我留住脚步，惊讶地望着不远处那两人，内心充满了疑惑，难道俞小红老师是个男的？那一刻，我惊呆了，与想象的简直天壤之别，完全出乎意料。

但现实就是如此，丝毫不会因你的想象而改变。当幻想破灭，唯一能做的就是接受。俞小红不是一位女性，他确确实实是一个地地道道的男儿。这样的误解或许不止我一个人，据说当年曾受到众多文学男青年的青睐，甚至某杂志社编辑将其作品编入"女作家专辑"，上演了一出酸酸甜甜的文坛幽默短剧。

真相终于大白。当我回望过去，其实早在三十多年前，也就是 20 世纪 80 年代中期，我应该是见过俞老师的，至少我俩在同一条街上走过、迎面相遇过，只是彼此不认识而未打招呼罢了。

后来读到相关文章，印证了这一猜测的可能性。俞小红老师是 1985 年 3 月经公开招聘进入报社工作的，那年《常熟日报》社（当时为《常熟市报》）还蜗居在古城区寺后街上的吉翠园里。那儿的地理位置我很熟，西边是书院弄，东边是槐柳巷，南边是西门大街，北边是斗级弄。我从小就住在寺后街工人文化宫的对面，与外婆一起生活，后来工作了就住到五爱小学旁的斗级弄里，就在吉翠园的北面。那时虽然不再住寺后街，但我经常会去外婆家，外婆家在寺后街的东头，吉翠园在寺后街的西头，每次从外婆家出来回自己住的地方，有时会绕道书院弄而路过吉翠园，即便不绕道直接从槐柳巷走回家，也离吉翠园很近，几乎是一步之遥。因此，从概率上讲，两人相遇是极有可能的。

在我记忆中，吉翠园原本是个旅馆，招待八方来客。因离我上学的五爱小学很近，小时候为了躲避中午时分"只许在家午睡、不许早到学校"的规定，而经常在学校周边逛荡，很多时候就去那里玩。吉翠园是一栋两层楼的民国建筑，走进过道，中间是一个客厅，两边是一间间十来平方米的客房，朝南还有个小院落，置有假山做点缀。我最喜欢中间那个客厅，彩色的水门汀地面打磨得细洁平滑，溜滑溜滑的，人走在上面，脚下一发力，就可以像溜冰那样向前滑行。过去，常熟城里有句时兴的土话，叫"吃勒山景园，住勒吉翠园"。一个是著名的饭店、一个是优雅的旅店，说明这两处在百姓心目中的地位。

不好意思，一聊起小时候的淘气事，就聊豁边了，还是回归正题。多年后，又读到俞老师的一篇回忆文章，进一步印证了我的猜想，文中也提到了他进报社的时间。那是一篇纪念《常熟日报》第一任总编黄清江的文章，其中有一段文字令我记忆犹新，让我对俞小红老师有了更多的了解，现重温如下：

　　一个人，值得另一个人怀念，总有理由，总有印象不可磨灭。我进常熟日报社工作，是在1985年初春的一个早晨。当我踏进办公室的门，一个笑眯眯的长者，正在洗脸。他那沉稳的神态，一下子使我感到像见到父亲般一样的温暖。那时，我的一个中篇历史小说《翁同龢》正放在他的案前，他的办公桌上有一只旧的砚台，他习惯用毛笔修改文稿。我见了他，稍稍有些慌张，现在已经忘记了他问我的什么话，大概总是我的小说中的历史差错吧。我当时只知道他是20世纪50年代就和陆文夫齐名的小说家，但还没读过他的小说。不过，对于陆文夫，我是崇拜的一塌糊涂的，小说《美食家》妙极了。我的小说《翁同龢》，在1985年5月的《常熟日报》连载了。全部小说一共三十四回，每一回都是由黄清江精心修改文字和标题，红色的毛笔字圈圈点点，对于历史知识的讹错，他都做了精细的纠正。我原来的小说，虽然是花了几年的工夫梳理而成，但由于学力不逮，出得闺门总有乱头粗服之感。经过黄清江神来之梳的打理，好像换了装束一般。正是三分姿色七分打扮。这七分功力，就是高妙所在。

　　黄清江的名字如雷贯耳，是20世纪50年代金陵八才子之一，与陆文夫、高晓声、叶至诚等人齐名，写小说、办刊物，在文学界掀起不小波澜。他的为人和作文，他的热诚和才情，有目共睹。名师出高徒，俞老师能遇上这样一位恩师而三生有幸。当然，随着我对俞老师越来越多的了解，对其更加崇拜和刮目相看了。

三

与俞小红老师真正开启交往模式，是我在《常熟日报》"虞山"副刊上第一次发表文章开始的。记得那是写了一篇《我爱你，沙家浜》的小散文，参加《常熟日报》举办的"中旅杯"征文。应景之作，写得很一般，题目也起得够俗，想不到第一次给俞老师投稿，非但发表，还给了一个二等奖。最令我开心的是，组织我们获奖作者去浙江桐庐、富阳和杭州游玩了三天，当然文雅的说法叫"采风"。俞老师带班，同去的有：王晓明、卢建、章平、陆根生、陈培元、叶公觉、汪瑞章、孙敏锐、徐烽、徐红、张维、张建红、陈放虹、周文冀等人。

第一站是富春江畔的桐庐，踏进这座钟灵毓秀的小城，给人如入仙境的感觉。为了充分感受这里的美，我们几个满怀驴性的好游之人坐上人力三轮车，想在桐庐城里兜风。车夫问我们去哪儿？我们说随便去哪儿。车夫用疑惑的眼神看着我们，像见了外星人似的，估计他从未拉过没有目的地的乘客。

最浪漫的莫过于我们酒足饭饱后，披着迷蒙的夜色，攀游富春江边的"药祖圣地"桐君山。对此，俞老师在他的一篇文章里有过这样的描述：

> 寻访最美的风景，是要有一点探险精神的。没有
> 盈盈的月光引路，没有舟进舟退帆起帆落，只有冬夜
> 寒霜里，天目溪清清冽冽的低歌。一座长长的悬索桥
> 挽着手臂把我们揽向桐君老人的怀抱。桐君山，突出
> 于江之心，左边是坦坦荡荡的富春江，右边是蛇行百
> 里的天目溪。我站在悬索桥中央，仿佛脚下的江流在
> 扯动着一匹巨幅的黑绸，人在桥心立，江随桥身晃，
> 极目远望暗藏波光的航标灯，觉得人真是太渺小了，
> 夜风知我意，情人知我心，悄悄为我装满一口袋的
> 忧郁。

月淡风寒，我们过索桥、走峭壁、攀栅栏，当了一回不走
正门的不速香客。江雾弥漫的夜幕里，关不住十几颗躁动的
心，歌声在陡峭的绝壁上回荡，一声"妹妹你大胆地往前走"，
惊扰了早已沉睡的桐君老人，守山的道人不知发生了什么，以
为上天降临了何方神圣，连忙起身点亮山道上的灯火，一看是
一群凡夫俗女，便要将我们赶出山门。幸好同行中有藏龙卧虎
之人，一番口吐莲花后，正颜厉色的道人很快被打动，同意我
们歇脚游览。我们装出善男信女的样子，争先恐后敲响了山祠
里的那口洪钟。钟声悠悠，回荡在天地群山之间，催我们登上
山巅的四望亭，江风雾岚，水天一色，点点渔火尽收眸底。朦
胧中，只见天目溪正挽着富春江的细腰，如一对入梦的恋人，

发出阵阵醋甜的鼾声。

在"红灯笼外婆家",品尝地道的农家菜。在"严子陵钓鱼台",寻访不慕权贵追求自适的古人脚印。在"郁达夫故居",缅怀进步爱国的文学前辈。在"龙井村农家乐",喝着茶农自制的香茗,沐浴在温暖的阳光里谈天说地,书法家汪瑞章触景生情,还留下了"以茶会友"的墨宝。虽走马观花,但收获满满。

最后一站是杭州的"西子湖畔",长长的白堤留下一串串欢声笑语。皓月当空,湖风传情,在"平湖秋月"的水轩回廊里,即兴上演了一出"单膝跪地献玫瑰,高声吟诵《感谢》诗"的轻喜剧。在这里,不妨借用俞小红老师回忆当时所写下的美文:

　　久违的杭州西湖像羞涩的少女,淹没在灯火迷离夜雾轻纱。这是情侣相依相偎的夜色,有少男少女挽着手臂走进绿地。风中依然摆动着柳丝,从季节上来说,它已经是秋的绝唱冬的初恋,我的目光所及,却闻到了野菊花唇边吐露出的顽强的芬芳。春花夏月走远了,秋唱冬恋走近了,青春的衣衫洒满了泪水,清香仍在,清雅仍在,灵魂的自由告白仍在大声直言。

感谢俞老师,为此次采风所付出的辛劳。浙江之行,如生命中一次刻骨铭心的初恋,留下不灭的印记。青葱岁月,心灵的窗户已经打开,成为我携手文学的启明。从此,怀揣心中的梦想，走向文学的远方。

从那起，我在文学路上的脚步进入了一个快走模式，且一发不可收。当然，这得益于俞老师的一路呵护和偏爱。在之后的十余年里，投给《常熟日报》"虞山"副刊的稿件几乎百发百中，在报社举办的十余次征文比赛中也几乎是每次得奖，粗略估算，光一等奖就有近十次，并连续三年评为《常熟日报》优秀通讯员，两次获江苏省报纸副刊好作品奖。最令我感动的是，俞老师高举文学的大旗，冲破重重阻力，为我第一部中篇小说《玉翠》在报上开辟专栏，连载十余期，每期还请本埠著名画家章平先生绘制了精美的插图。对于喜欢文学的人来说，人之幸事，莫过于此。

四

俞小红老师既是一位编辑记者，也是一位作家，与多位文学大师有过交往。有两封信他如获至宝，珍藏至今。一封是著名香港武侠小说家金庸寄来的，一封是著名大陆作家高晓声写给他的。

金庸来常熟时，正值根据他小说改编的电视连续剧《射雕英雄传》风靡大江南北，俞老师作为报社记者凭着职业的敏感，获准采访了他。两人既为报界同行，又都是作家，相聊甚欢。采访结束时，俞老师递上笔记本想请金庸写几句话，对方欣然抽出那支粗壮的关勒铭金笔，认真写下："在常熟得能与同业交流，甚感欢欣。金庸一九八六年、五、五。"三年后，适逢金庸创办的《明报》三十周年庆,他又想到了常熟的俞小红,写来了一封笔墨娟秀的信,对当年来常熟对他进行专访再次表示感谢。信虽不长,全文百余字,但对于俞小红老师来说,弥足珍贵。

高晓声给俞小红的信也是一手娟秀的钢笔字,信也不长,全文如下:"小红,还记得替我洗衣裳吗?我很健忘,你若没替我洗衣裳,我就记不住你的名字,一洗,就记住了。寄上一篇短文,这文章的内容,是你报社的副主编告诉我的,他要我给他看看,可是他没有给我洗过衣服,我就说不出他的姓名了,你可拿了这篇文章,去编辑部查询。祝94愉快!高晓声1月6日。"风趣的文字,充溢着两人的深情厚谊。那么,俞小红老师怎么会给大作家高晓声洗衣裳的呢?这还得从三十多年前的一件囧事说起。

那是1982年夏天,南京《青春》杂志在常熟举办小说培训班,俞老师也有幸参加。那次来了不少文坛大腕,有苏州的陆文夫、常州的高晓声、南京的唐炳良、梁晴等作家和文学杂志编辑。俞老师在他的"系列散文——昨天的故事之二"里是这样回忆高晓声的:"那天,他出了个洋相,他和陆文夫在机械总厂的大浴室洗澡时,短裤的裤带断了。夏天没有短裤穿,只能穿长裤,真是活受罪。情急之中,搞会务的同志把我叫去想法子。我便赶到离机械总厂不远的花边厂去买,小店已经关门,后来请熟人到仓库里取出了两条花边布的短裤,这才解了高晓声的尴尬之态。"时间到了1994年,高晓声再来常熟,听俞小红又提起当年那件囧事,便笑着说:"上次你替我买短裤,这次请你替我洗衣裳吧。"俞小红说:"那不碍事,家里有洗衣机,转一下很方便的。"于是,就有了俞小红给高晓声洗衣裳的美谈,就有了那封如获至宝的信。

俞老师与唐炳良也是多年至交。那年,经俞老师介绍,我也认识了唐老师。2010 年 5 月 7 日唐老师再次来常熟,赠我一本承载他六十年风雨人生的散文自选集《华丽缘》。我知,张爱玲有一散文也叫《华丽缘》,唐老师为何要与之同名?俞老师告诉我:"他极为欣赏张爱玲的小说和散文,所以集名也叫《华丽缘》。"看来,俞、唐两人果真是交往颇深的知心朋友。唐炳良在这本自选集开篇《一段话》(代自序)的末尾,有一句令我印象深刻的话:"我们今天都放弃了这些,所以我们相聚在这里。"难怪他在书的勒口上是这样介绍自己的:"一九八四年游历到南京,蒙江苏省作家协会赏识、延聘,忝为《钟山》编辑。一九八七年入南京大学作家班读书,两年后获本科文凭。二〇〇一年由《钟山》入《雨花》,任雨花杂志副主编。前前后后,断断续续,作小说、散文、电影剧本约一百万字。生性散淡、无忌。职称、会员之类,凡与读书、作文无关之事,终身放弃。"

物以类聚、人以群分。唐炳良把名利看得如此之淡,俞老师虽有职称职务之名,但内心何尝不是这样呢?两位老师不同的外在、相同的内心,同样让我敬重有加。在他们身上,我学会了做人,学会了平和、宽容,学会了谦卑、淡然,学会了取舍、超脱。

平和,是一种力量;宽容,是一种境界;谦卑,是一种美德；淡然，是一种睿智。过尽千帆，才能大智若愚；饱经风雨，才会不急不躁。文如其人，正的心智才可练出好的文笔，好的文笔才能写出好的文章。正如俞老师在一篇纪念他的恩师黄清江先生的文章中所言："一个人的才情，一群人阅读，火炬一样传递，力量和勇气是永不熄灭的。"这就是文学的力量，也是榜样的力量。

中国人崇尚中庸之道，俞老师是一位忠实的实践者。朱熹注曰："君子之所以为中庸者，以其有君子之德，而又能随时以处中也。小人之所以反中庸者，以其有小人之心，而又无所忌惮也。"故中庸之道决非如某些世俗观念所说的折中、妥协和无原则，而更多的是体现一种胸怀和智慧。

俞小红老师用他的言传身教，让我懂得了很多人生之道，也给了我许多为人处世的良方。他给我讲过这样一个故事：佛界有两罗汉，来人间做苦行僧。一日，寒山被人侮辱，气愤至极。由此，两位有一段精彩对话流传至今。寒山问拾得：世间有人谤我、欺我、辱我、笑我、轻我、贱我、骗我，如何处治乎？拾得曰：忍他、让他、由他、避他、耐他、敬他、不要理他，再过几年你且看他。

内心风轻云淡，岁月方可安好。懂得取舍，才能战胜贪婪，平衡人生，怡情养性。忘了谁说过，舍得是一门哲学，也是一门艺术。星云大师在《舍得》一书的《修身篇》中有一句话："以舍为得，屈伸自如。"这便是做人的高境界。我想，这块奖牌完全可以颁给俞小红老师。

五

有梦相约一路走，清风明月伴君行。俞老师是一位脚踏实地的文学编辑，也是一位喜欢做梦的江南才子，从他出版的几本书的书名上便可略见一斑，长篇历史小说《京都春梦》、小说集《曾园春梦》、散文集《客旅春梦》、随笔集《虞山闲梦》。一个"梦"字，凸显其文学创作的心迹，串起他久藏于心中那一颗颗爱的珍珠。

有一句话，想必喜欢文学的人都知道，叫"读万卷书，行万里路"。但万卷书好读，万里路却难行。俞老师在他的《美女风情录》后记里有过这样的感慨："喜欢游历名山大川，可惜机会很少。喜欢三五好友一醉方休，只是小城知己凑不满一桌。当然也想满世界走一遭，长知识，广见闻，但凡夫俗子只有痴人说梦对影自怜的份。"

此话道出了他那个时代的无奈。其实，换到今天也仍然是一对矛盾，年少时有精力往往无盘缠，年壮时有冲动常常无时间，年老时有积蓄却已无体力。所以他经常教导我，趁年轻一定要找机会多出去走走，别到老了走不动了，心有余而力不足，只能扶窗远眺空悲切。

我记着俞老师的话。因此，当我有机会外出采风，都会悄悄带上他的梦一起远行。每到一处估摸他可能不会去或去不了的地方，就会把他的梦驮于明信片的背上，让鸿雁捎回。珠峰大本营，漠河北极村，不管是世界上海拔最高的邮局，还是中国最北的邮局，都热情接待过俞老师的梦。君子之交淡如水，鸿雁传书情谊浓，这便是我俩最浪漫的交友之道。

除了梦游，我俩也有过几次真正的同游，兴化田垛的油菜花香、古镇同里的水乡夜色、南京明陵的梅山花海，阿里山日月潭的旖旎风光，都见证了我俩同行的脚步。

事实上，好多年前，俞老师已寻访过不少名山大川。八达岭的风语，神农架的林涛，天目湖的雨吟，武夷山的禅音……美妙的天籁都录刻在他记忆的光盘里。特别是他当了报社副刊部主任后，出门的机会就更多了。当然，大多是游走于江浙沪周边的山水和城市间，去的最多的地方兴许就是省会南京了。他在一篇《远望南京》的文章里有这样的记述：

　　南京去了多了，路径也就熟了。记得，我出差常住在高云岭小街的旅馆，那是一个法国式的小洋房，也就是那种民国年间造的充满浪漫情调的院子。我有时在宽阔的中央门大街上独自散步，觉得那些合抱粗的法国梧桐，在深夜守口如瓶，瓶子四周又是一个个依偎着细腰儿热恋的双人，灯火也是有气无力地亮着，这种小资的情调，似乎比较适合南京的深秋，而不愿留恋于它火炉般的盛夏。住在高云岭，还有一个原因，因为它离湖南路很近。当时江苏作协的两本刊物，一本《雨花》一本《钟山》，其编辑部都在湖南路一处公寓楼的三层。那时我比较喜欢文学与写作，所以出差的空档，就去编辑部看看朋友。我的印象中，文学的复兴期间，编辑部可不像什么法国式的沙龙。我去那里，十有八九碰不到朋友，作家们都很疏懒，上午不上班，下午迟迟来。后来我就不去了。不去了，甜言蜜语的稿件却经常在刊物上发表。我在《钟山》上发过一篇散文，很长的，责任编辑是王干。他现在调到北京去了，很久没见面了。在《雨花》上我发了很多小说散文，主要是散文。我的文学老师和前辈，例如费振钟、唐炳良、梁晴，他们都对我有过很大的帮助，我一直记得他们。有一次巧得很，在《雨花》办公室门口，我看到大作家艾煊，是个很慈善的老头。后来我才知道，他是作家储福金的老泰山。

其实，俞老师与南京的缘分，除了《钟山》《雨花》，最早应追溯到南京文联的《青春》杂志。他的第一部中篇小说《曾朴情海录》，在1989年《青春》杂志主办的《青春丛刊》第6期上发表。由此可见，他很早就是常熟文坛的骄傲。

俞小红老师是我的恩师、我的贵人、我的榜样。在他的助力下，让我在文学这条道上，从蹒跚学步、跌跌撞撞，到走出了小城、走向更广的天地。

与俞老师结缘廿五载，是为记。

水墨人生

　　也许是无心，也许是有意，著名旅美水墨山水画家杨明义先生来常熟那天，天空突然下起了毛毛细雨，让好久没有被雨水滋润的虞城重新泅进了江南水乡特有的景致里。

　　杨明义来了，他是回江南故里重温旧梦来了，他是专程到常熟讲学会友写生来了。那天，他蓄着一头偶藏银丝的长发，在市博物馆考古征集部俞家平先生陪同下，潇潇洒洒地飘然出现在我眼前时，我们就像老朋友那样一见如故。他告诉我，他来常熟已有多次，对常熟的山水风光和这里的朋友们有着深厚的感情。

　　杨明义，这位出生在苏州马医科巷内、就读于马医科小学、十岁就获得全校绘画比赛第一名的翩翩少年，这位六七十年代就结识华君武、黄永玉、吴冠中、亚明、黄胄、程十发等名家受他们教诲甚深的有志青年，这位为人作嫁衣、被评论界称为"发现周庄第一人"的不惑之君，如今已成长为一位享誉海内外的著名水墨山水画家。早在1985年，他的水墨画作品《渔乡春早》和《水乡晨雾》就被大英帝国博物馆收藏，以后他又有《江南瑞雪图》《江南雪夜》《荷塘清趣》等数十幅作品被纽约大都会艺术博物馆、台北国民党总部会议大厅、北京人民大会堂等多家单位和著名人士收藏陈列，特别是2002年他的水墨作品《春常在》，在国家领导人出访柬埔寨时作为国礼送给西哈努克亲王及夫人收藏。据不完全统计，杨明义在国内外已出版各类画册、著作达三十部之多。

杨明义作画可谓既用心又用情，他作的是水墨山水画，抒的是江南水乡情。一生都沉醉于江南梦里水乡中的他，不管是在故乡江南，还是在异国他乡，还是从海外归来后寓居京城，始终致力于对江南水乡那种半梦半醉的艺术追求。江南之景成就了杨明义的画，江南之水成就了杨明义画的灵魂，不管是画春夏秋冬的四季更替，还是画晨午暮夜的四时交移，还是画云雨雾雪的四态变化，他总是用水来滋润这梦幻般的江南。因此，他笔下的小桥、流水、人家，渔船、鸬鹚、鸭子，朦胧的远山、碧洗的长天、氤氲的云烟，横的驳岸、竖的桅杆、盛开的荷花、翠的树、青的苔、斑驳的墙，甚至那些站在桥上的人物、走在水边的村姑、戴着斗笠牵着牛的孩童……都荡着淡淡的乡愁，映出迷人的梦境，让一切都变得美好起来，充满恬静的淡雅和诗意。杨明义擅长用水、用墨、用色，他用的墨，大多是淡墨；用的彩，大多是淡彩。墨彩中饱含着水色，水色中蕴涵着真情，他总能把江南水乡特有的水汪汪、水蒙蒙、水灵灵、水清清等景致淋漓尽致地表现出来。因此他的画，彰显着很强的"水墨淋漓障犹湿"的艺术魅力。那天，在他苏州的画室，我有幸目睹了他珍藏多年的墨宝真迹。

杨明义虽然旅美十余年受到了许多西洋画派的影响，但他始终画的是水墨山水画，用他的话说，他是挥不去江南水乡梦，忘不了江南故乡情。在画技上，他博采众长，勤于创新，不拘泥于传统一招一式，用著名画家黄永玉的话来说："用西式的创作手段来表现纯中国式的江南，看起来似乎有些枘凿，许多人认为不可能的事，杨明义做到了。"为了求得一个好的画面场景，他总是不辞辛劳奔走江南的山山水水。今天，当他说起二十多年前发现周庄那一幕情景时依然是那么激动。他兴奋地告诉我，1979年深秋的一天他去苏州博物馆找人，偶然在别人办公桌的玻璃台板下发现了一张发黄的黑白照片，照片上江南水乡特有的构图立即将他的眼光牢牢吸住。他征得主人同意后掀开玻璃台板想把照片取出来，殊不知，那张摄于民国时期的老照片早已跟玻璃台板这位主人生生死死地结合在一起了，在兴奋与无奈中，他只得掏出笔和纸，认认真真将其临摹下来。照片上的画面像一位佳人始终在杨明义的心头缭绕，令他无法放下，在以后的日子里便是大海捞针般地寻觅，终于有一天他从一位老渔民的口中获悉了照片上真实场景的所处，说那地方可能是昆山的周庄，于是他马上启程。当他乘舟投进周庄那个行人寥寥、几乎无人与他争抢的怀抱时，水乡那种古朴、淡雅、恬静、温馨令他激动不已，他贪婪地呼吸着从小桥流水中、从白墙黛瓦处、从石栏驳岸边、从轻舟渔帆上、从吴侬软语里散发出来的清新空气和纯朴民风，他的心顿然醉了。他像一个进入仙境的孩童疯了似的，一打开相机镜头，就把所有的135胶片都奉献给了眼前这令他喜爱得不得了的周庄。后来他把这些珍贵照片无私寄给了当时在美国的陈逸飞。1984年夏天，杨明义又邀请陈逸飞一起畅游周庄，最后陈逸飞以古镇最具特色的"双桥"为题材，创作了油画《故乡的回忆》，后被哈默博士买下，作为他来北京拜会中国领导人时敬赠的礼品。之后，杨明义又陪吴冠中等人去周庄写生创作。也正因为此，陈逸飞的《故乡的回忆》和吴冠中的水乡画系列经众多媒体宣传后，周庄终于像一位美丽多情的女子，走出深闺后院而名声大振。《北京晚报》《中国书画报》等报刊以《杨明义，发现周庄第一人》为题发表文章盛赞了杨明义的慧眼；2004年中央电视台《讲述》栏目还拍摄专题片《发现周庄》，介绍杨明义当年发现周庄的经过。

　　杨明义虽然只是个画家，一辈子在作画，但他无时无刻不在做选择，选择他独特的画风，选择他正确的人生之路。当年他搞水印木刻是一种选择，后来钻研水墨山水画又是一种选择；在苏州工艺美校任教是一种选择，去中央美院深造又是一种选择；留学美国是一种选择，回国工作又是一种选择。就像他那天跟常熟理工学院艺术系学生的讲学交流话题，也谈的是人生的选择，用他六十多年的人生经历，讲述了他对人生的感悟和选择。他说，人生的道路有无数条，有荆棘、有险阻、有惊喜、有诱惑，你必须选择一条适合自己的，只有选择正确了，以后又用心走了，你才会踏上成功之路，当然在走向成功的路途中还会遇上这样或那样的选择。据说他当年随身只带了30美金闯荡纽约，闯得很苦很累，个中甜酸苦辣的经历足足可以写一本厚厚的书。

杨明义除了作画，也不忘记做人，特别是在美国长达十二年的日子里，他始终不忘记自己是个中国人。作为一名海外游子，非常关注祖国的命运，他挥毫泼墨，可以毫不夸张地说，当年他用那特有的江南之水滋润了中美关系。就在那一年，他的一幅水墨画《杭州西湖》被选印成特种小型张邮票，在美国华盛顿举办的第20届世界邮政会议上发行，杨明义在美应邀出席了首发仪式，当他的手与美国东部邮政部长和中国邮政部长的手紧紧握在一起的时候，杨明义的心湿了。随后他又精心绘制了一幅《月夜古桥》的水墨画送给了当时的总统布什和他夫人，当他收到布什总统发来的回函称赞他的作品时，杨明义的心又一次湿了。他为自己是一个中国人而自豪，为中国的江南山水而骄傲。

杨明义作画也不忘记结朋交友。他说，朋友的情谊是他创作的另一个动力。他与常熟市博物馆考古征集部俞家平先生可谓是十几年的莫逆之交，这次专程来常熟访问讲学、会友写生，是在常熟理工学院艺术系邀请和俞家平先生亲自撮合下的第三次常熟之行，用他的话来说，他之所以多次来常熟，是对具有几千年文明史的江南鱼米水乡常熟和常熟的朋友们有着深厚的感情，如果连小时候那次也算的话，应该是第四次来常熟了。那天他专程去鸭潭头拜访我市虞山印派代表、印社顾问朱家炎老先生时，深情地握着他的手说，下次他还会来常熟，而且要亲手给朱先生画一幅肖像画。可见他对常熟这座城市的厚爱和对朋友们的深情厚谊。

衷心希望杨明义在不远的将来能再回江南、再来常熟，用他手中的那支妙笔为我们描绘更加美丽妖娆的江南。

外婆的微笑

女人，女人这一生啊 / 为了谁而活着

外婆这样的女人啊 / 为了她的男人 / 为了她和他

的孩子们

——艾敬的歌

那天我靠在阳台上那张深褐色的藤椅里，沐浴着温暖的阳光，听着艾敬那首《外婆这样的女人》的歌睡着了，或者说，在做梦了。我梦见了我的外婆，她正微笑着向我走来……

是的，在我的记忆里，外婆总是微笑的，即便在最困难的日子里，她也是笑对生活，笑对围在她身边的一大堆孩子。有她在，生活的天地里就洒满了雨露、铺满了阳光。外婆的一生，平凡而又硕果累累，她与我外公生了三男四女七个孩子，一家老小围着自家开的一爿小饮食店艰难地生活着。那年解放大军像秋风扫落叶一样横渡长江扫向江南大地的时候，外公很开明，立即关了店，变卖了店产，一人一份把从安徽老家来的雇工打发回家后，独自一人跑到百公里之外的上海滩做伙计去了。从此，一家人的生活全靠外公一个人的工资支撑。

六岁那年，我离开了在小镇工作的父母去城里与外婆一起生活。当时懵懵懂懂的我还以为父母不要我了，后来多吃了几罐子食盐才明白望子成龙的父母的良苦用心。原来他们是为了让我好好读书，将来有个好出息，以至于我一出生，户口就跟着外婆安在城里，直至结婚成家后才分开。

那时，外公还在上海益民食品一厂做糖果，家里的所有担子就全靠外婆一个人挑了。想不到，我刚与外婆生活不久，城里就开始了"文攻武卫"。那是在20世纪60年代末的非常时期，"文化大革命"的烽火也烧着我们这个所谓的小资产阶级家庭的屋檐，连楼房上的瓦片都被造反派踏碎了。可怜的外婆、一个瘦弱的小女人像一只老母鸡那样带着我们一群小鸡从后门落荒而逃，去了被她生身父母抛弃的乡下避难。在那个非常时期，外婆虽不能烧香拜佛，但她始终保持着一颗坚韧的心。她像一根柳枝，虽看似细软不起眼，但总是那么顽强，柔中带刚，折不断，压不垮，不管身处何处，总能看到她旺盛的生命力。

在我的记忆里，外婆总是和蔼可亲的，从不打人，也不骂人。记得有一次，我和苏州的表弟去虞山脚下的部队靶场捡子弹壳，玩得忘记了太阳，直到月亮探出脑袋才想到回家。外婆没有打我们，只是说了我几句，那口气很轻，好似吹去粘在我身上的一朵脏棉花，一点也不像骂人的样子，倒是像在责备自己没有看管好我们。

外婆也是个天生的故事大王，记得小时候她总要给我们讲故事或教童谣，特别是夏天在马路上乘凉的时候，我忘不了躺在藤椅里仰望星空，边数星星边听外婆讲故事的情景。外婆说，人不在地上了，就会跑到天上去，每一个人总有一颗星星是属于你自己的。我那时辨不清这话是真是假，但即使外婆是骗我的，我也宁可相信是真的。现在，虽然外婆讲给我听的那些故事大都已经模糊了，但她教我们的童谣我至今还记得很多，"摇啊摇，摇到外婆桥，我向外婆问声好，外婆叫我好宝宝……"我们几个孩子就是听着这些童谣渐渐被摇大的。

外婆是个娇小的女人，虽然我见过她年轻时漂亮的照片，但岁月的痕迹早已无情地爬上了她的脸庞。外婆年轻时就是个家庭妇女，似乎没有什么远大理想和抱负，长期与孩子们为伍，为生活而忙碌。可在我眼里，外婆是一个了不起的女性，她带大了自己的七个子女，后来又带大了我和表姐表弟表妹等七个孩子，是个名副其实的孩儿王。

然而，孩儿王的命并不好，从小就被亲生父母送到郊区菜园村一户人家寄养。其实，外婆的养父母家也很穷，因此供不起她读书，当五星红旗在我们这座城市上空飘扬的时候，她才进了街道里弄的扫盲班，恶补了几个常用的方块字。但说来奇怪，她竟会说几句"米西米西"的东洋话，后来才知道那是日本的铁蹄践踏中国领土时强迫国人学的。看来，战争不但是一场军事的入侵，也是一次文化的渗透。当然这是题外话了。

外婆的文化虽然不高，但在处理家长里短方面很有一手，常常挖空心思用最少的钱办最大的事。记得每到周末，外婆就会早早起身（一般在凌晨三点），去菜场排队买削掉肉的大骨头。一毛钱一斤的大骨头便宜实惠，买回来后就和着黄豆、萝卜之类东西一起煮成营养丰富的荤汤，让全家老小围着八仙桌过一回神仙的日子。这时，不管大人小孩都会像参加吹口琴比赛那样有滋有味地将鲜美的骨头啃来啃去。当然，啃到啃不动了，骨油也完全被吮干了，才把那些光溜溜的家伙重新召集起来，择日送往废品收购站等待遣送发配。收购站的老先生为了答谢外婆也会拿些钱出来，噼里啪啦算盘一打，一斤骨头可换七分钱。

外婆虽然看似锱铢必较，连光溜溜的骨头都不放过，但在那个年代也实属无奈，生活必须要她这么做。其实，外婆是个非常善良的人，她的和善是尽人皆知的，而且她也是一个热心肠的人，左邻右舍不管遇上什么事，哪怕是邻里纠纷、夫妻吵架，总能看到和听到她瘦小的身影和琅琅的话语，她宛如一块明矾很快就能将一缸浑浊的水淀清。我记不得她什么时候瞒着我们当上了居民小组长。要知道，居民小组长不是一个官职，不像当时的居委会主任那样有权，完全是纯义务的，只有付出没有收获的那种，唯一得益的是受着街坊邻居们的爱戴。

当我们渐渐长大的时候，外婆也渐渐老了。可就在该歇一歇安享晚年的时候，她却想去外面闯世界。当她得知街道卫生所要招卫生员时，就毫不犹豫向街道办事处的领导请缨当上了一名征战病菌的白衣战士。我清楚地记得她当时刻苦练习的场面，那时刚好是南瓜成熟的季节，她从菜市场上买回了好几个南瓜，当着我们许多孩子的面把它们当作病人的屁股，拿着针筒每天一丝不苟地练习扎针注射，一点都不难为情。外婆的这一招果然灵验，她很快掌握了注射技术，好一个聪明的外婆。然而，再聪明的外婆也有失脚的时候。那是一个风和日丽的日子，她跟着几位年轻的卫生员一起上山采草药，五十多岁的人了似乎还要拿出登山攀爬比赛的架势，想跟年轻人一比高低。当然，结果是惨重的，教训是深刻的，也是不以她的意志为转移的。外婆刚上赛场不久就受到了山上乱石的暗算，一个善良的老人就这么突兀地被打倒，乱石滚下山的那一刻，她的盆骨也毫无还手之力地被折裂了。外婆终于吃上了人生最大的一次苦头，由于不能动，生了褥疮，髋部的肌肉溃烂成一个个张牙舞爪的洞。我虽然没有资格去看，但见表姐诉说时扑簌簌像银链断了般的眼泪，就足以让我知道有多么惨重。

在我心目中，外婆是坚强、慈爱、善良的化身，她用那柳枝般坚韧的臂腕支撑起了一个温馨的家园，我就是在这样的环境下幸福地茁壮成长的。我爱外婆，外婆也爱我，也许我的语言表达能力有限，说实话，我与外婆的感情几乎已经到了无法用语言表达的地步。我不知道外婆是不是与我有前世未了情的妈妈，但我想，只有做母亲的才会化作永生无限的爱。

最令我忘不了的，是我刚离开外婆时的那段日子。十五岁那年，我离开了儿时的伙伴，离开了外婆，去了十几里之外的小镇与父母一起生活。小小年纪的我，便开始有了失眠。那时虽然身体已经离开了外婆，可心还在她那里。我最期盼的是周末，那不是为了贪玩，而是可以去城里外婆家了。用城里楼上阿婆的话讲，"又要来吃吃老奶奶了"。因此每当周末一放学，我就拿了平时省吃俭用省下来的零花钱去汽车站换一张去城里的车票，刚开始的那段日子几乎是雷打不动，有时甚至连家都不回，背着书包就去挤公共汽车。记得暑假前的一个周末，我没跟父母打招呼，放了学就去车站乘车，可到了车站才知道出了大问题，身上仅有的几枚人民币即使再团结也帮不上我乘车的忙了，最后翻遍了衣袋和书包也没能凑够一张车票钱。我欲哭无泪，但又不敢回家问父母要，生怕伤了他们的心。其实要与不要，你一走肯定会伤父母心的，真有点掩耳盗铃的味道，但即便心知，还是义无反顾，于是我决定像红军叔叔那样，开始了我的长征。

从乡镇到县城，是一条十几里长的碎石子公路，虽不算太远，但对于一个十几岁的孩子来说也不能说很近。那是一个夏日，骄阳似火，火辣辣的毒日肆无忌惮地触摸着我那张稚嫩的脸，我光脚穿着硬邦邦的塑料凉鞋，飞快地走在尘土飞扬的公路上，像是急着奔向盼望已久的幸福乐园。突然，一个绿色的东西闯入我的眼帘，我一愣，远远望见风尘仆仆的父亲正骑着那辆穿着绿肚兜的自行车向我飞奔而来。那时，父亲虽然在乡邮电所当所长，但所里人少，因此所谓所长也就是个兼职投递员，我猜想那是他在送报回来的路上。真是巧了，但这样的巧遇是万万不能照面的，必须得回避。于是我条件反射似地迅速躲到公路旁的一棵大柳树后面，喘着粗气，像做了贼似的偷偷窥视着主人。近了、近了……然后又远了、远了……我望着父亲像弯弓一样远去的背影，这才又迈开双腿大踏步地向城里进军。

也许第一次走这么长的路，也许天太热，也许我的脚太稚嫩，反正我越走越慢，最后连太阳也不理我了。当我还在艰难走着长征路的时候，太阳已经躲到地球背后潇洒去了。终于，我的脚开始疼痛，有点走不动的感觉，而这感觉很快变得越来越强烈，但我心中仍只有一个信念，我要见外婆！于是心里默念起了当时流行的一句话："下定决心，不怕牺牲，排除万难，去争取胜利！"念着念着，真的有一股强劲的热血注入我的心房，我忍着疼痛，昂首阔步，仿佛在天边的晚霞里已经看到外婆那张慈爱的笑脸。

华灯初上的时候，我终于扑进了城市的怀抱，跌进了外婆的家门。吃过晚饭，当外婆心疼地给我的小脚丫挤擦血水泡的时候，父母来电话了，那声音是从离外婆家不远处一家烟杂店的公用电话上传讯过来的，问外婆我是不是去了她那里？外婆叫他们放心，说你们的儿子在我这儿好好的。外婆接电话回来，眼睛里似乎藏着很多东西，有责备、有感慨、有欣喜、有怜爱……在柔和的灯光下我看到了外婆晶莹的泪花在眼眶里颤颤地打着转。

岁月如斯，二十多年后的一天，当外婆躺在苏州我大姨家里时，我又一次看到了外婆晶莹的泪花，所不同的是那泪花已经不在眼眶里打转，而是静静地挂在眼角的两边。很快，外婆像一盏油灯那样，燃尽了最后一滴油，便无声无息地熄灭了。

我当时曾固执地认为，外婆不是走了，而是累了、睡着了。真的，她只是因为累了而睡着了。

时至今日，外婆虽已随风仙逝好多年了，但我时常还会想起她。多少次，在凉风习习的夜里，我会情不自禁仰起头，放飞我的眼球去太空遨游，去寻找那颗属于外婆的星星。有时也会在梦里，甚至在休息的片刻里，会看到外婆变成了一条美丽的鱼，游进我的脑海里，微笑着望我一眼，与我说上几句悄悄话。

第二辑

远走的风

一道难于忘怀的景致

烟雨凤凰

　　凤凰古城是一个极易让人感怀的地方。那天刚踏上古城的石板街，天空中的毛毛雨就多情地抢着前来迎候，让我倍感意外和亲切，好像又回到了昔日的江南故里。

　　古城的街巷狭窄而曲折，比作羊肠不为其过。那些用红石板铺就的小巷，在细雨的呵护下湿漉漉的犹如撒落的一地碎银，我踏在碎银之上，仿佛置身于儿时的梦里。临街大多是商铺、饭馆和客栈，各色蜡染、扎染、蓝印花布、银饰及其他一些工艺品林林总总令人目不暇接，血粑鸭、乡里腊肉、菜豆腐、酸菜鱼等酸辣味时不时地往人鼻孔里钻，而我更多的是亲吻到了姜糖那阵阵浓香。走过临江的一个客栈，门口的苗家阿妹像见了归来的亲人那般热情地把我迎进她的吊脚楼，我上了楼，推开古旧的木格窗棂，沱江翠色、虹桥风雨楼、万寿宫、万名塔、遐昌阁等凤凰古城的美景尽入眼帘。

安顿好住的地方，我就冒雨去中营街的沈从文故居。这座建于清同治五年湘西典型的木结构四合古院，虽无雕龙画凤之处，但小巧别致，古色古香里透出清雅之气。居室里陈列着文学大师沈从文的一些影照及墨宝等物，我突然发现大师的写字台上有许多不规则窟窿，一问才知是他小时候用刀掏出来的，原来大师也曾是个调皮的顽童。

从大师那里沾了点灵气喜滋滋地出来，雨还在淅淅沥沥下个不停。走到一个街口，前面忽地闪出一位撑油纸伞的女子，那把久违的油纸伞特别抢眼，令我眼前一亮，莫非她就是《边城》里的那个翠翠？但转而一想，如果真是她的话也该是八九十岁步履蹒跚的老妪了，况且翠翠并非在沱江河边的凤凰城里，而是在酉水河畔的茶峒小镇上。这么一思量，便让我生出几许淡淡的伤感来。油纸伞如精灵般不停地在雨中晃动着，我追上几步终于看清了撑伞女子的娇容，年轻柔美的脸上却飘落着淡淡的愁云，这令我想起戴望舒的《雨巷》，她会不会就是戴先生要找的那位如丁香一样地结着愁怨的姑娘呢？正当我重温《雨巷》中的那些诗句时，那女子已如梦中飘过的一枝丁香消失在花花绿绿的伞的世界里。

带着淡淡的失落，走过古城的东正街、穿越东门城楼、沿着迴龙阁一路来到听涛山的山脚下，我知道这山上便是沈从文先生的安息之处。在山腰处的一家路边小店买了一束黄黄的菊花，便继续往上攀登，途中一块不起眼的小碑迫使我留住脚步，碑上刻着"一个士兵要不战死沙场便是回到故乡"的字样。啊，这是著名画家黄永玉的手迹，我敢肯定前面不远处就是沈先生的墓地了。果不其然，一块天然的五彩玛瑙石碑赫然出现在眼前，上书："照我思索，能理解我，照我思索，可以识人。"墓地简洁得连坟头都没有，唯有那块质朴的五彩玛瑙石碑静静地蹲守在那里，难道这就是沈老先生的墓地？旁人告诉我，他的骨灰一部分撒在山脚下的沱江里，其余的便安埋在这块五彩玛瑙石下。雨还在不停地下，但细得如香火的烟雾那样缭绕在玛瑙石墓碑的周围，我站在墓碑前，心情变得尤为沉重起来，献上那束黄黄的菊花，然后恭恭敬敬地深鞠三躬。至此，我终于了却了一个久存的心愿。

回城时，我选择了溯江而上的水路。蓝篷小船载着我像一瓣柳叶在江面上轻漾起来，沱江之水清澈碧绿，江里的水草萋萋依依，但两岸那些原汁原味的吊脚楼不是很多了，偶尔见到的也已风烛残年，歪歪斜斜宛如扶着江岸的愁怨女子在烟雨中痴痴地翘盼着久别未归的情人。这时，不远处传来一阵苗家姑娘悠扬的歌声，虽听不清歌词，但旋律却是那般幽怨缠绵。我禁不住探头张望，可两岸唯有默默不语的吊脚楼而不见美丽动人的苗家妹。我终于知道那位歌唱的女子就在眼前那座吊脚楼里，便叫船家将船行得慢一些，想与她对歌引她出现，但我的嗓门像唐老鸭似的实在不敢恭维，即便拿出吃奶的力气大声叫唤上几句，也还是没能引来姑娘的回应。蓦地，我内心弥漫开只闻其声不见其人的遗憾。烟雨朦胧，望着眼前这半梦半醒的吊脚楼渐渐离我远去，迷梦中的我终于醒悟过来，想起郑愁予在《错误》中说过的一句话，"我不是归人，是个过客……"

是啊，这儿毕竟不是江南，我笨拙的歌喉是美丽的错误，我不是归人，只不过是一个匆匆过客。

作为过客的我，不想错过一场苗寨大型民俗篝火晚会。由于不认得路，看到一位挂着胸牌的导游，便向其问路。她看我一眼，感觉我不像坏人，说跟她走就行了。导游是位年轻姑娘，二十来岁，看上去不是城府很深的那种，想必她也不是黑导游，不会领我去某个旮旯里把我给卖了。我问她怎么没有带团？她告诉我，这次只带了六个人的微型小团，一对新婚夫妻，一个三大一小四个女人的家庭组合，今晚的篝火晚会他们都不想来看。我们边走边攀谈起来，得知导游是土生土长的凤凰人，姓潘，五百年前与我是一家人，便多了几分亲切。听说我明天一个人去德夯苗寨，便邀请我跟他们一起走。原来，她带的微型小团明天也去德夯苗寨。

看完精彩的民俗篝火晚会，已经很晚，与潘导握手告别后，游兴依然未减，于是一个人游逛到北门码头的跳岩处。所谓跳岩，就是一个个露出水面的石墩子，排成一排屹立在江中，联结着沱江两岸。人在上面走，好似神仙在江面上穿行。夜幕下的跳岩两岸全是卖河灯和放河灯的人，我买了一盏心形河灯，点上蜡烛，当我走到河中央的跳岩上准备放漂时，眼前的景致简直把我迷醉了。白天的雨已经化成浓雾如洁白的绸缎覆盖在沉醉的江面上，两岸吊脚楼等建筑上悬挂着的红灯笼、七彩灯，在微风中摇曳着婀娜多姿的身影，投向情浓似酒的江水中，连接成动人的彩练；大大小小的河灯疑是天上掉下的星星，眨着明亮的眼睛在水面上排队行进。我手捧河灯默默许上愿，轻轻地将它放入这醉人的江里，希望能载着我的心愿漂向理想的彼岸。此情此景，无论是归人还是过客，相信在这里都能找到想要的那种感觉。

那夜我醉了，醉在光与影的幻境里。在吊脚楼客栈，我枕着沱江河，听着流水声，在恬淡而悠长的怀恋中，似梦似醒地一直到天明。

去拉萨

一、行进在天路上

在格尔木露天停车场，我挟着枕头般的氧气包，背起行囊，终于登上去拉萨的卧铺大巴。隔着冰冷的车窗玻璃，与格尔木朋友挥手道别，心头猛然涌起一股诀别的滋味，孤独、无助、紧张、恐惧像一个个吞噬的魔鬼一齐向我袭来。而此时，我已无退路，甚至连"永别"的念头都有了。或许，第一次独走西藏，心情变得异常复杂。

卧铺大巴，像一间流动的集中营房，狭小的空间里弥漫着难闻的气味，里面的人几乎都板着脸，一副充军发配的样子。司机是个中年男子，秃顶、凹眼、黑脸、络腮胡，像本·拉登家族的。大巴开出格尔木市区不久，就在一处荒凉的路边停了下来，司机大声吆喝着要大家躺到自己的铺上，像清点囚犯人数。后来才明白，原来是要把车厢的过道空出来，让给几个不知从哪冒出来的"黑客"。车厢里顿时一阵躁动，个别胆大一点的人提出抗议，这不是超载么。司机把眼一瞪，露出几缕凶光说："你认为挤，可以下车。"一个站在驾驶室旁的汉子说："大家去一趟拉萨不容易，出门在外的，能不能谦让点。"那人五大三粗的样子，看上去与司机是一伙的。我往窗外观察了一番，这荒郊野外的前不着村后不着店，心想，上了这车就等于把命交出了，全车人的命运都掌握在这两个家伙手里，谁与他们较劲谁倒霉。还好，大巴很快又启动了，车厢里渐渐恢复了平静。

格尔木离我越来越远，做好了最坏打算的我也坦然了许多。

沿途的雅丹地貌宛如一幅幅巨大的群雕，千姿百态，气势恢宏地耸立在辽阔的大地上，令人震撼。海拔在不断升高，鼓膜开始肿胀，耳朵里回荡着高原的声音。几个小时后，车到西大滩，终于见到了享有"国山之母"美誉的昆仑山，远眺主峰玉珠峰和周围大大小小的山峰，皑皑雪山，巍峨壮丽。昆仑山是中华民族神话传说的摇篮，造就了多少英雄侠客，站在这座大山脚下，感觉自己渺小又伟岸，连忙拿了相机，摆出一副大侠的架势，叫同车的一位小伙子帮着按下快门。

在西大滩，大巴稍作休息，汽车加水，旅人用餐。我自带干粮，边吃边走，见一排简陋的板房，想进去讨点水喝，掀开一门帘，见屋里两男一女盘坐在靠窗的炕上喝着酒，正想退出，其中一人招呼我："兄弟，进来一起喝碗酒。"我仔细一瞧，招呼我的人竟是那位大巴司机。我一脚进一脚出推辞着，那人却热情地继续邀请。我犹豫片刻，最后坐到炕上，心想，总不会吃人吧，大不了奉献一次"爱心"，帮他们买单。三人似乎都很好客，有的给我拿筷，有的为我斟酒。我问："这是什么酒？"女的说："青稞酒。"我朝她瞄了一眼，二十来岁的模样，柔中带野，楚楚动人。看在她年轻漂亮的分上，我端起酒碗抿了一口，有点呛舌。司机见我皱眉，就说："出门在外，喝点酒有好处，我开车就不喝了。"我正视了他一眼，套近乎地问："师傅，你是西藏人吗？"朋友关照过我，出门在外，对陌生男人都叫"师傅"为好，特别是对开车人千万别喊"司机"，虽然我对这位司机印象不好，但也只能改口喊他"师傅"。"师傅"说："我不是西藏人，新疆的。"新疆是个好地方，我们的话题就围绕着新疆转起来，很快拉近了彼此距离，最后两人还肩搭肩地合了影。聊天中，我知道了司机叫奎尼，维语"太阳"的意思；那位美女叫古丽苏如合，有点拗口，翻译成汉语就是"玫瑰花"，也是搭车去拉萨的乘客；另外一个男人叫巴图尔，维语"勇士"的意思，是奎尼的同伴，整个行程，就由他俩替换着开车。酒足饭饱后，我准备掏钱付账，想不到奎尼又把眼一瞪，说："别跟我争，今天我请客。"这话说得很重，像撞着了我的心口，血一下子热乎乎地涌上来，流遍全身。在这寒冷的雪域高原上，我第一次感到了温暖。

大巴继续上路，直奔海拔 4700 多米的昆仑山口。蓝天、白云，几乎触手可及，汽车沿着青藏公路飞奔，好似在天上滑行，车载电视播放着韩红的《天路》，高亢空灵的歌声，令我全身的细胞都颤动起来，此刻，已无法掩饰内心的激动。心想，这条路，我走对了。

在"可可西里国家级自然保护区"标志碑身后的山坡上，我终于亲眼见到了可爱的藏羚羊。那头藏羚羊远远望着我，其实，它是在凝望我身旁那座为保护藏羚羊而献身的索南达杰烈士墓碑。在我向英雄三鞠躬的时候，藏羚羊依然远远地望着，也许在它心中比我有着更强烈的感慨。

如果借我一对翅膀，飞在空中鸟瞰，青藏公路一定如我想象中一根乌黑的线，缠绕着雪山群峰，而位于昆仑山脉中段的"昆仑山口"就是线上的一个结，它与这根线上的另外两个结"五道梁"和"唐古拉山口"，被视为三大"生命禁区"。翻过昆仑山口，下一个结便是令人生畏的五道梁。

五道梁为昆仑山脉和唐古拉山脉的过渡地带，虽然平均海拔要比昆仑山和唐古拉山低很多，但这一带因土壤含汞量高，气流不畅，植被少，空气极为稀薄，含氧量仅为我们江南水乡的百分之四十左右，可以说是一个死结。谁要是过不了这个结，那么谁的生命就会在这里结束。当地人就有这样的顺口溜："到了五道梁，哭爹又叫娘！"为了避免大脑缺氧而休克死亡，奎尼边开车边招呼大家不得瞌睡。车内的空气顿然凝固起来，人们紧张得都不敢喘气，我立即从旅行包里掏出红景天口服液，连服两支，仿佛死神已经降临。这时，那位在西大滩给我照相的小伙子，突然斜倒在过道里瞌睡起来，奎尼从后视镜里看得真切，连忙大声招呼众人："快把他扶起来，不能睡，睡了就醒不来了。"原来，小伙子已出现了明显的大脑缺氧症状。我赶紧拿出自己的氧气包，跑上去，巴图尔与一位乘客一人一只胳膊把小伙子吊起来。车上的人也纷纷骚动不安起来，死亡的恐惧弥漫于整个车厢。好在我的氧气包很快起了作用，车厢里又渐渐恢复了平静。

跨越了长江源头的第一桥沱沱河大桥，经过雁石坪、温泉兵站后，壮美的唐古拉山便渐显出来。"唐古拉"，藏语为"高原上的山"，是青海与西藏的分界线。远眺唐古拉山，数十条远古冰川纵横奔泻，山顶上的皑皑积雪犹如一顶带着飘带的帽子与山腰间舞动的白云遥相呼应。山口处那块"海拔5231米"的标志碑默默告诉我，这里就是地球上公路的最高点。

翻过唐古拉山口，我终于舒了一口气，两座世界高峰、三大生命禁区，让我经历了从未有过的生死考验。其实，青藏线山高缺氧和死亡的威胁并不可怕，怕的是越不过自己心路上的高峰和直面死亡的勇气。车上那位从死亡线上挣脱下来的小伙子看了我一眼，高兴地说："青藏高原终于被我征服了！"我笑对着他，没有说话，心想：人类是征服不了自然的，我们只有亲近自然、敬畏自然。

大自然真美！过了唐古拉山，便进入藏北最美的羌塘大草原。"羌塘"，藏语为"北方空地（或高地）"的意思，是青藏高原上一片地势高亢而又平缓的区域，因它位于西藏北部，故通常也称为"藏北高原"。7月的羌塘，是一年中最美的时节，在蓝天白云的庇护下，广袤的原野上青草悠悠，清澈的雪水隐藏在草丛里尽情流淌，成群的牛羊在平缓的山坡上，珍珠般地洒落一片，远处横亘千里的念青唐古拉山脉成为这片大草原最强壮的守护神。从那曲到拉萨的公路两旁，羌塘风光旖旎无限，尽收眼底。

回望 1154 公里的行程，从青海第二大城市格尔木出发，一路翻越昆仑山、风火山、唐古拉山和念青唐古拉山等四座海拔 4700 米以上的大山；跨越通天河、沱沱河和楚玛尔河等三条著名大河，最后穿越藏北美丽的羌塘草原，终于到达向往已久的西藏拉萨。

拉萨，我来了。

二、漫步冬宫夏宫

来到拉萨，布达拉宫是一处不能不去的地方。这座集宫殿、城堡、陵塔和寺院于一体的建筑，是历世达赖喇嘛的冬宫，也是过去西藏地方统治者政教合一的权力中心。高耸入云的布达拉宫，在太阳的照耀下，金碧辉煌、巍峨宏美。当我站在布达拉宫广场，仰望眼前这座红白相间、群楼重叠的雄伟建筑时，感觉自己是那么渺小。此刻，内心的感受只有两个词：神秘、震撼。轮廓分明的布达拉宫，犹如一枚巨大的印章，稳稳地镇坐在拉萨城的中心位置，海拔 3760 多米，当之无愧成为世界上海拔最高的古代宫殿。进入宫内，大小殿堂，甚至门厅、走道、回廊，到处都绘有色彩艳丽的精美壁画，数量之多，令人称奇。壁画是布达拉宫建筑艺术的重要组成部分，神话传说、历史故事、佛像仙人、动物花草等等都被列入画的内容。穿行其间，就像穿行在藏民族宗教文化的历史隧道里，穿行在瑰丽璀璨的艺术宝库中，令人目不暇接。

入夜的拉萨城，一改白天的炽热，变得风凉清爽。当我再次来到布达拉宫广场，仰望这座古堡式宫殿时，内心再次被震撼。此时的布达拉宫如一艘停泊在港湾的豪华游轮，在无数根光柱的映照下，显得安逸静美。宽敞的广场上游人很多，有本地的市民带着孩子、搂着家人的，但更多的是来自内地和海外的游客，从人们的穿着打扮和相貌上，就可以区分一二。不少人举着相机以夜幕下的布达拉宫为背景在拍照，我也拿出相机咔咔按了好几张。

这时，从不远处飘来一阵节奏明快的舞曲，顺着声音，看到广场南侧的西藏和平解放纪念碑前，不少人正随着优美的旋律在翩翩起舞，我被这温馨和谐的场面所感染，内心也随之欢快起来。正陶醉着，突然有人拍我肩膀，扭头一看，竟是那位同车进藏的新疆女孩。她咯咯咯地笑着，可我一时想不起她那个拗口的名字了。她见我愣着，就说："怎么，不认识我了？"我迅速调动脑细胞，说："怎么会不认识，你就是新疆的玫瑰花。"她白我一眼说："那天一下车怎么就不见了人影？"我半开玩笑地说："还说呢，我找你半天都没找着。"她说，明天跟几个驴友约好去阿里，问我去不去？我说，已跟旅行社签了合约，准备后天包车去珠峰大本营。这时，有人喊她了，我们握手道别，彼此说了声：再见！望着她远去的背影，我自问道：我们还会再见吗？

在西藏，或许会发生很多故事，但也可能什么故事也没遇上。不过，你可以用心去感受、去触摸那里的一切。西藏有太多的东西等着你去了解、去品读，就冲着拉萨这座城市已够你花很多时间了。

如果说，布达拉宫是达赖喇嘛的冬宫，那么，罗布林卡就是达赖喇嘛的夏宫。这座始建于达赖七世（18 世纪 40 年代）的园林式宫殿，藏语意为"宝贝公园"，是历代达赖喇嘛每年夏天在这里消暑理政、举行庆典的地方，也是西藏规模最大、风景最佳、古迹最多的人造园林，如今已成为一处对外开放的公园。全园分为东、中、西三个区：东面为入口的宫前区，中间为核心部分的宫殿区，西边是以自然丛林野趣为特色的金色林卡。不管是古木成荫的宫墙深院，还是芳草疏林的自然野趣，罗布林卡为我们营造了雪域高原上一种别样的春意。据说每年著名的"雪顿节"活动中心就设在这里。

那天去时，离"雪顿节"开幕还有数日，但偌大的"宝贝公园"内已是繁花似锦，"情系拉萨，魅力雪顿"的横幅像经幡一样随风招展，一派节日气氛。漫步于修葺一新的花坛草坪小径，穿行在玲珑精致的凉亭楼阁水榭，观赏着湖心宫水塘里戏水的鸭子，仿佛让我回到了江南。

听园内的工作人员说：罗布林卡有苍松翠柏等古树奇木近五十种，牡丹芍药等名花异草六十多种，还有十余种飞禽走兽等动物。当我问起"雪顿节"是一个什么样的节日时，他告诉我："雪顿节"是西藏最隆重的节日。在藏语里，"雪"是"酸奶子"的意思，"顿"是"宴""吃"的意思，按藏语解释说就是"吃酸奶子节日"，简称"酸奶节"。因为"雪顿节"期间有隆重热烈的藏戏表演和规模盛大的晒佛仪式，所以也有人称之为"藏戏节""展佛节"。在每年藏历六月底、七月初为期七天的时间里，成千上万的佛教信徒会从四面八方涌向拉萨，以最虔诚的心，一步一个顶礼膜拜，来朝圣至高无上的佛祖。信徒们在山上修行完毕，家人就会带着酸奶上山迎候他们，在回家的路上人们吃酸奶、唱歌跳舞。每年这个时候，西藏各地的藏戏主要流派也会聚集在罗布林卡进行表演和比赛，场面非常热闹。如今"雪顿节"已成为集传统展佛、文艺会演、体育竞技、招商引资、经贸洽谈、商品展销、旅游休闲为一体的传统与现代相结合的盛会。那几日，在罗布林卡及周围的树林里，会涌现一座色彩斑斓的帐篷城市，几乎把整座拉萨城都搬进这个绿色世界里，许多人会在歌声舞蹈中过上几天欢快惬意的野外生活。

我被他说得心里痒痒的，真想多待几日感受感受这个"吃酸奶子节日"的气氛。

三、打的去天葬台

那天，我起了个早身，决定去色拉寺北后山的天葬台看天葬。或许因为它的神秘和恐怖，给了我许多想象空间和求探欲望。天葬在藏语里称为"施鸟"，顾名思义，光从这个词眼上看，就可理解为把死人的骨肉施舍给鸟吃。但怎么个吃法，天葬台又是怎样一个地方，很想亲眼见识一下。

由于不熟悉路，便叫了一辆出租车。开车师傅听说我要去天葬台看天葬，起先不肯去，好说歹说加了车费才答应我，并说车子只停在远处的路边，得自己走进去。我想，难得来一次西藏，只要肯带我去，再苛刻的条件也接受。

　　开车师傅是本地人，普通话讲得不咋样，但能说会道。一路上，与我很聊得来。他说，天葬一般是不允许外人看的，不过如果运气好，还是可以看到的。当初他之所以不肯拉我去，就是有一次载了一对美国父子去看天葬，出了七百元钱，打通了关系，看过一回，看得他心里翻江倒海，几夜没睡好觉。我摸了摸口袋里的钱，心想，不知道自己有没有美国佬那样的运气。

　　为了防止看不到天葬的遗憾，我就先向开车师傅了解天葬的全过程。他告诉我，天葬就是将人的尸体喂给一种叫秃鹫的老鹰吃，秃鹫食后飞上天空，人的灵魂就随之升天，到达极乐世界。每天，饥饿的秃鹫早早就守候在离天葬台不远的山头上，因此天葬的出殡时间一般很早，有专人将尸体背到那里，天葬师先焚香供神，点燃桑烟引来秃鹫，然后将尸身上的衣服剥去，按程序肢解，骨肉剥离后，将骨头用石头捣碎，并拌以糌粑，肉切成小块放置一旁，为了让秃鹫食尽尸体，一般先喂骨头，再喂肉。

　　我听了有点将信将疑，问开车师傅："难道秃鹫这种大鸟，连骨头也要吃的？"他告诉我，秃鹫不仅能生吞活剥动物的肉体，也能把骨头嚼咽吃尽，高原上有这样一句谚语："没有秃鹫的肠胃，就不要去咀嚼金丸银蛋。"可见秃鹫的肠胃功能有多厉害。我听了毛骨悚然，连说厉害，感觉身上的鸡皮疙瘩都起来了。开车师傅看我一眼，安慰说："不过，不用害怕，秃鹫不像其他鹰，它从不攻击活人，只吃死物。"

出租车终于在流沙河边的路旁停了下来，开车师傅用手指着远处的山头对我说："半山腰上那块凸出的大石头就是天葬台。"我有点失望，想象中的天葬台应该是一个耸入云端的、高高的、大大的精心搭建的巨型平台。我忐忑地下了车，在开车师傅的指点下，就往一座小铁桥走去。铁桥的一端，被一条长长的铁链子拦着，说明此处不欢迎人车进入。千辛万苦慕名而来，不进去似乎更令人失望，于是我斗胆从铁链下钻了过去，过了铁桥，便是一条通往天葬台的山路。

山路空无一人，寂静得像一条通往死亡之路，感觉周围的一切都被凝固了，唯有我脚上的鞋子与地面摩擦的沙沙声。走了好长一段路，才看到一座依山而建的寺院，寺院小而简陋，周围挂着许多已经褪了色的经幡。那块被称为天葬台的大石头就在离寺院不远处的山路旁静静地斜卧着，光秃秃、黑污污，空气里弥漫着一股难于形容的气味。正当我壮胆试图靠近时，突然，从天葬台背后冒出一个身披黑衣的蒙面人，手拄拐杖、弓着背、步履蹒跚、模样吓人，像刚从阴曹地府里爬出来。我倒吸一口冷气，迅速向寺院靠拢。

在寺院门口，我终于听到了低沉的人声，走进一看，里面几个喇嘛正聚坐在一起，拿着经文，嘴里念念有词，不知在为哪个亡灵超度。问了一位年轻的喇嘛，得到今日无天葬的回答，我有点遗憾也有些庆幸，或许现在有天葬也不敢看了。出了寺院，我拿出相机，胡乱拍了几张照片，就快速往回走。走到半路，只觉得头顶一片阴沉，抬头一看，我的妈呀！百余头秃鹫从山头上飞扑下来，在我头顶盘旋，每头秃鹫展开的翅膀足有一米多长，黑压压一片。虽然开车师傅告诉我，秃鹫不攻击活人，但我还是很害怕，加快脚步逃过铁桥。

出租车师傅很守信，还在路边等我，见我一副狼狈样子，他笑了。我终于安全躲进出租车，透过车窗，看到秃鹫们依然在空中盘旋，心想，看来这些秃鹫今天又要饿一天了。

出租车离天葬台越来越远，可我脑海里仍盘旋着无数头秃鹫。这时，一头秃鹫突然俯冲下来，撞开我的脑门，让我豁然开朗：在西藏这么一个山高路险、空气稀薄、食物贫乏的高原上，也许善良的藏民们早就有了这样一种意识，就是要与动物尽可能分享所有的食物，包括他们自己本身。藏传佛教倡导的主旨是献身精神，天葬就是一种具体表现，这种勇于献身的举动，看似恐怖、惨烈，却是人类精神的升华。如此一想，我对天葬竟不再那么恐惧，而更多的是敬佩。

"食尽象征吉利"的天葬方式，其实表达的不仅仅是个体灵魂升天的私愿，更是死者最后一次对生者（包括动物）的奉献和对自然的保护。有这样一种说法，人们之所以选择天葬，体现了一种悲悯情怀，为的是尽可能避免秃鹫伤害到别的幼小生灵。还有一种说法，天葬之所以选择秃鹫，是因为这种动物不管吞食什么食物，都不会给大地留下一丁点残渣，甚至它的粪便都会在数千米的高空中风化得无影无踪，给大自然一个永恒的洁净。当然，秃鹫本身是一种神秘莫测、具有神奇魅力的精灵，人们至今没有发现过一具秃鹫的尸体。据说，秃鹫在知道自己行将死亡之时，会腾空万里，朝着太阳的方向奋力高飞，直到太阳和气流把它的躯体全部融化在蓝天里，不给人类赖以生存的地球留下任何垃圾。

相信世界的美好，当我们揭开天葬和秃鹫恐怖神秘的面纱，看到的是一种献身精神和对生命的大彻大悟。

四、游转于八廓街

想起进藏途中，大巴司机奎尼对我说过的话，到了拉萨不去八廓街和大昭寺，等于没到拉萨。著名喇嘛尼玛次仁也曾说过这样的话："去拉萨而没有到大昭寺就等于没去过拉萨。"当然，他是大昭寺里的喇嘛，把八廓街省略了只说大昭寺也情有可原。不过，事实上要想去大昭寺，八廓街是非去不可的。八廓街与大昭寺的关系就像转经筒的经筒和经轴的关系，因此，说到八廓街就不能不提大昭寺，提及大昭寺就不能不说八廓街。

八廓街是一条很有藏域特色的老街，确切一点地说，是由东南西北四条街环绕大昭寺一圈的组合街区。它最初只是一条普通街道，如今已成为集宗教、民俗、文化、观光、购物于一身的拉萨最著名最繁华的旅游商业中心。街道两旁依然保留着原汁原味的藏式建筑，街心那个巨型香炉，桑烟缭绕，特别显眼。八廓街上的名店很多，"夏帽嘎布"是一家远近闻名的古玩老店，由尼泊尔人创办，因店主常戴尼泊尔白帽而得名，

"夏帽嘎布"就是"白帽子"的意思；雪域唐卡手工艺店，也是一家很有特色的名店，在那里可以免费学习唐卡画技法。当然，除了这些名店，更多的是手工艺品商店和售货摊点，商品琳琅满目，最多的是天珠、天眼、红珊瑚、蜜蜡、玛瑙、绿松石等珠宝首饰，不过大多真假难辨，我挑了几件便宜的，以假充真，算是给家人朋友的回头货；还有那些转经筒、经幡旗、酥油灯、铜佛、贡香、念珠等宗教用品和藏鞋、藏刀、藏帽等日用品也满目皆是；当然吃的也不少，有青稞酒、甜茶、奶渣、牦牛肉等；不过最吸引我的还是唐卡、藏毯等手工艺品，及那些来自尼泊尔、印度等地的舶来品。

走走逛逛，逛逛走走，悠闲信步在这条用手磨石块铺就的平整街道上，竟忘了自己是在海拔 3680 米的高原上行走，一点高原反应也没有。这条店铺林立、游人如织、吆喝声此起彼伏的环形街道，就像一个色彩斑斓的舞台，你可以欣赏到各色各样的人物：步履蹒跚摇着经筒的老人、虔诚地磕着长头的修行人、叫卖珠宝古玩藏器的商人、与商贩讨价还价的游人、充满浪漫情调的表演艺人、背着行囊快速前行的旅人，还有尾随客人兜售便宜饰品的年轻人……

走着走着，我突然发现一个问题，这里不少地方标注的门牌街名竟是"八角街"，而好多介绍拉萨的书上，包括旅游地图上都称其"八廓街"。"八角街"与"八廓街"到底怎么回事？问了一位在街口卖首饰工艺品的店主，才为我解开了疑团。原来，"八角街"是外人对这条街的误读，由于生活在拉萨的四川人特别多，在四川话里，"廓"与"角"发音相近，说的人多了，以讹传讹，"八角街"就这么来了，后来，甚至有人望文生义，以为八角街是因为有八只角才这么叫的。其实，"八廓街"是藏民心中一条重要的转经道，也有人称之为"圣路"。"八廓"藏语意为"中圈"，相当于现代城市交通枢纽的中环线。围绕大昭寺，拉萨有三条这样的转经道，外圈叫"林廓"，内圈在大昭寺里叫"囊廓"。所以这条街真正的名字应该叫"八廓街"。

看来"八廓街"是不能乱改的，明白了它的来历，应该有理由为它正名，不知拉萨市政府地名办的官员们是怎么想的。当然这是题外话。

从八廓街一路转到大昭寺，发现寺门前的地上匍匐着众多信徒，有男有女，有大人有孩子，他们正虔诚地向着大昭寺磕长头。据说，朝寺磕满十万个长头，才算功德圆满。难怪旁边堆放了不少行囊，还有一些人正坐在地上吃饭，估计他们做好了长期"作战"的准备。磕长头是个全身心投入过程，双手合一，先在头、额、胸依次挨三下，然后双手前伸扑倒，直至五体投地。整套动作一定要做到位，马虎不得，无法追求现代化高效率、高速度。我粗粗估算了一下，即便一天不吃不喝24小时连续磕，也只能磕上几千个头。磕满十万个高质量的长头，这需要多少时间和毅力啊。

进入大昭寺，感觉最多的是佛像，密宗大师莲花生、未来佛、一世达赖、一世班禅、观世音、无量光佛、强巴佛、萨迦五祖等，几乎汇集了藏族佛教的各派佛像。因此，大昭寺自然成为各个教派共尊的神圣寺院，拥有至高无上的地位。活佛转世的"金瓶掣签"仪式，历来就在大昭寺进行。1995年11月29日那天，十一世班禅额尔德尼也是在大昭寺释迦牟尼佛像前，举行了庄严的金瓶掣签仪式。

除了佛像，在大殿通道入口处右侧，有一幅壁画不能不看，是关于大昭寺建寺的故事，上面生动形象地描绘了当年填湖建寺的情景，要了解大昭寺，最好看看这幅壁画。当然，上面还有早期布达拉宫的样子，可以了解到7世纪时的拉萨和松赞干布与文成公主的故事。当年文成公主远嫁吐蕃从日月山入藏，随身带来的释迦牟尼十二岁等身佛像，如今就供奉在大昭寺内，是世上三尊释迦牟尼等身像中最精美、最珍贵的一尊。

看到文成公主像，让我想起了来拉萨之前，在青海倒淌河和日月山，当地朋友给我讲述的文成公主可歌可泣的传奇故事。在民间，至今流传着这样一个故事：当年文成公主远嫁吐蕃，行至赤岭，看到自己将要离别唐朝的故土，心中一片怆楚。她站在峰顶，翘首西望吐蕃，天高云低，一片苍茫；回首东望长安，离别亲人的愁思油然而生，遂拿出皇后赐予的"日月宝镜"，从中照看长安的美景和亲人，不禁伤心落泪，思乡的泪水汇集成了一条河，由东向西倒淌流入青海湖。思绪随着泪水悠悠流淌，渐渐平静下来的文成公主，想到自己身负唐蕃联姻通好的重任，便下定决心，果断摔碎手中的"日月宝镜"，斩断对故乡亲人的眷恋情丝，毅然决然地向西行进。后来人们将那条由泪汇成的河称为"倒淌河"，赤岭改称为"日月山"。

从大昭寺出来，在寺前的小广场上，忽见一间低矮的房子窗户里泛出红光和轻烟，走近一看，里面竟是密密麻麻排着数排酥油灯，每盏酥油灯都跃动着红红的火焰，非常壮美。听旁人说，里面昼夜有人给酥油灯添油加料。长明不熄的酥油灯，象征的不正是佛教精神吗。

五、感受玛吉阿米

玛吉阿米是一栋坐落于八廓街东南角与东孜苏路交会处的黄色小楼，在周围白色建筑群里，显得鹤立鸡群，十分另类。这栋小楼，最流行的说法是，六世达赖仓央嘉措与情人幽会的密宫。传说，他曾在这里写下著名诗篇《在那东方的山顶上》："在那东方高高的山巅，升起一轮皎洁的明月，玛吉阿米醉人的笑脸，时时浮现在我的眼前。"当然，还有另一种说法，说是仓央嘉措在某个皎洁的月夜，来到古城拉萨这家藏式酒馆消遣，巧遇一位月亮般纯美的姑娘，她那美丽的容貌和多情的眼神深深地烙在六世达赖的心上和梦里。从此，他经常光顾这家酒馆，期待与美丽的姑娘重逢。遗憾的是，这位月亮般纯美的姑娘再也没有出现过。一个人的痛苦，往往不是厌恶而产生，恰恰是因为喜欢。六世达赖所喜欢的，正是他无法堂堂正正去追求、去实现的，只能以诗抒情，寻找情感的出口。六世达赖留给历史和后人不是显赫的地位和至高无上的神权，而是一首首散发着人性光芒的爱情诗篇。

玛吉阿米，只因一个人、一段情、一场幽梦而名闻天下。去过西藏的朋友说，到了拉萨，不去玛吉阿米感受一下，会是一个不小的遗憾。为了让自己的人生之旅少一些遗憾，我决定去感受一番。

　　入夜，我终于走进白天只在街口眺望过的"玛吉阿米"。有人说"玛吉阿米"是酒馆，也有人称其为酒吧、咖啡吧、文化餐吧，其实，叫什么吧都不重要，重要的是"玛吉阿米"这一品牌。"玛吉阿米"藏文的意思是："玛吉"为未生或未染，可解读为圣洁、无暇、纯真；"阿米"是阿妈的介词形式，意为母亲。以藏族人的审美理念，母亲是女性美的化身，母亲身上浓缩了女性内在、外在所有的美。因此"玛吉阿米"可理解为：圣洁的母亲、纯洁的少女、未嫁的姑娘，甚至可引申为美丽的幽梦。

　　踏上狭窄的木楼梯，来到二楼吧厅，浓郁的藏文化气息扑面而来。只见墙壁四周挂满了画框、照片和手工艺品，古朴的装饰，暗红的环境，悠旷的音乐，燃烧的酥油灯，静思的藏铜器，书架上的卡夫卡、艾略特、里尔克等人的原版书，在这不大的空间里弥漫着粗犷而典雅的浪漫。来这里的人很多，我转了一圈，二楼的位置都被占满了，便上到三楼的露台。巨大的篷布把露台盖成一个开放式棚屋，棚下并排摆放着古铜色的桌椅，在这里用餐的客人也不少，但少了楼下我喜欢的那种情调。走到露台的围栏边极目眺望，远处的布达拉宫依稀可见，大昭寺的经幡影影绰绰；低头俯瞰，街上熙熙攘攘，人潮如水，漩涡般地朝一个方向行进，已分不清是游客还是转经的信徒。

　　等了片刻，又下到二楼，终于觅到一处空位。要了一杯藏式奶茶，点了一盆拉萨传统家常菜"酸萝卜炒牛肉"、一份藏式莲花素拼，看到一道叫"巴拉巴尼"的特色菜，问过服务员，说是用菠菜酱和奶豆腐烧制而成，有尼泊尔风味，便又加点了一份。菜还没上来，手机短信倒先来了，是青海朋友发我的，打开一看，才知今天是中国的情人节。出门多日，几乎忘了今天是几月几号，对这样的节日更是不去记它，就像现在，即便知道了今天是中国的情人节，脑海里也只忆起唐代文学家罗隐写过的一首《七夕》，至于里面的诗句已如逝去的佳人记不得她的音容笑貌了。

借着酥油灯温馨柔和的光芒，边喝着热热的奶茶、边翻看玛吉阿米的留言簿。此刻的我，心如止水，好似把自己的心放进一个安逸的洞穴里，解读着别人的梦。有位驴友的留言与我产生了共鸣："在这安静的夜里，我的灵魂被收缩成一个点，暂被安置在这了，玛吉阿米的小楼里。"留言簿记录着每个来过的游人心迹，就如那首《玛吉阿米》歌里唱的："掀开神秘的门帘，我看见你，玛吉阿米，你娇娆的面庞，洒下一屋温暖，我如同流浪的孩子，找到真正的归宿，心灵的归宿。"

夜深了，我依然不愿离去，要了一杯青稞酒，听着空灵的《神秘园》，在酒与曲的诱惑里，渐渐迷醉。不经意地，我忽然感觉到了什么，透过桌上那盏酥油灯跳动的火苗，仿佛有位佳人静静地坐在对面，脉脉地看着我。隔着桌子，我俩默默对视，彼此眼眶里闪动着莹莹的泪光。在这亦梦亦真的幻影里，让我想起，几天前在青海藏区采风时，那首流传于民间的仓央嘉措的情诗："我对你眉目传情，你对我暗送秋波，目光交汇的地方，命运打了个死结。"我默诵着诗句，把迷离的目光收回，

106

可此时的心再也收不回了。我迅速拿起手边的笔，一种释放的冲动涌向笔尖。

玛吉阿米，让人心如止水，又令人心潮澎湃。

九寨风情

在离天很近的地方　总有一双眼睛在守望

她有着森林绚丽的梦想　她有着大海碧波的光芒

到底是谁的呼唤　那样真真切切

到底是谁的心灵　那样寻寻觅觅

哦呵　神奇的九寨　哦呵　人间的天堂

——容中尔甲《神奇的九寨》

如果说九寨沟是一个风情万种的仙子，那么翠海便是她柔情的眼睛，叠瀑便是她激情的血脉，彩林便是她迷情的衣裳，雪峰便是她纯情的头饰，云雾便是她浓情的气息，藏寨便是她热情的胸怀。

那天清晨，我沿着九寨沟边边街旁那条奔腾而下的水溪向沟口走去，一路上听着溪水欢快的"叮咚"声，心里哼唱着容中尔甲那首情浓意深的《神奇的九寨》，迫不及待地扑进她多情的怀抱。

九寨，我来了！

翠　海

九寨沟的翠海，并非是我想象中的那种波涛汹涌、气壮山河的大海，而是一个个清澈透明、美丽如画的高原湖泊，那里的人们把它们称之为"海子"。海子虽都不是很大，但它们均有着自己独特可爱的名字，芦苇海、卧龙海、镜海、金铃海、五花海、熊猫海、天鹅海、芳草海……这一个个动听的名字，不仅仅是文字上的美，而且是实实在在的美、名副其实的美，美得令人心醉魂迷、流连忘返。九寨的海子真是一个个钟灵独秀的精灵，它们忽闪着湛蓝、翠绿的明眸，显得非常自信。是啊，它们有着得天独厚的清纯，不需要搔首弄姿就已经把游人的心完全俘虏了。如果有阳光陪伴的话，它们就会投来更加迷人的眼神，直至把一个个游人迷倒，把五湖四海的宾客都收归其门下，做它们忠实的信徒。

最令人着迷的要数那个叫"五花海"的海子。沿着幽林栈道一路下行，远远望去，那一汪湖水晶亮晶亮，好似下凡仙女的秋波。走近一看，海子里的水波光粼粼，在岸边丛林和水中沉木、植物的相互映衬下，多情变幻，一片斑斓。藏青、宝蓝、翠绿、金黄、桃红，透明清澈的五彩在人们情不自禁的惊叹中悄然地化开，在明眸里泅染出一个个挂在笑脸上深深浅浅的酒窝，那色彩斑斓的光晕便很快在人们的心头荡起一圈圈的涟漪，仿佛让人觉得置身在一个童话世界里。

九寨的海子有大有小，有的海子虽然看似貌不惊人，但也总有叫人刮目相看的地方。什么是"海水不可斗量"，形似铜铃的金铃海就告诉了我，别看它很小很不起眼的样子，可它是九寨沟一百多个翠海中最为深沉的一双眼睛。它没有五花海那般光彩溢目，默默无闻地似乎不太招人喜欢，可它的深度竟达到了一百零三米。那是怎样的一种情怀。

走过镜海，我不由自主地变得轻手轻脚起来。镜海是九寨最宁静的明眸，它平静而又清澈得如同少女梳妆的一面镜子。这里的山麓一片静谧，连原先奔腾的涧水也戛然变得文静了，悄悄地缓缓地流淌着，生怕惊扰眼前这平静如镜的湖面。当然这里的宁静是有理由的，那是缘于一个美丽的传说。镜海里映着两座山峰的倒影，便是灵慧秀丽的色嫫山和粗犷俊俏的达戈山，传说是一对藏族青年的化身，他俩青梅竹马，倾心相恋，却遭到了魔鬼的骚扰，在历经了无数艰辛险阻后，两人终于来到这镜海湖边，长相厮守，忠贞不移。从此，流经这里的水也变得乖巧文静，平缓得如同一面镜子，以至于连他俩在水中的倒影也没有受到一丝一毫的惊扰。原来，这里的一切都把他们看作是完美的化身。

可以说九寨的每一个海子都是会说话的眼睛。透过这一双双眼睛，我们可以领略到它们的迷人之处，可以聆听到它们眼睛背后的故事。当然海子里的故事是讲不完的，不去亲身体验也是有缺憾的，我想还是让没到过九寨的人们找机会自己去聆听和领略吧。

叠　瀑

当翠海梦醒的时候，便能听到叠瀑滚滚而来的声音。九寨的叠瀑，跌宕起伏，气势如虹，它们是澎湃的，也是热情的。树正瀑布、诺日朗瀑布、珍珠滩瀑布、熊猫海瀑布……一个个宛如高原上的儿女，浑身上下透散着高山流水的秉性，它们高唱着赞美的歌谣，争先恐后地用自己激情澎湃的血脉做成千条万幅洁白的哈达，献给来来往往的宾客。

九寨的叠瀑是美丽的，也是能给人巨大震撼的。九寨沟里的诺日朗瀑布就是如此。远远望去，满目奔流的是一条条宽窄不一的哈达般的急瀑，有的挂在断崖峭壁上，有的挂在陡岩缝间的树干上。那激越飞溅的无数个小水珠，化作细如烟、薄如绸的一帘幽梦，美妙得让人迷醉，迷醉得不知在人间还是在天宫。如果太阳愿意的话，那它们还会精心策划出瑰丽的彩虹，吸引人们痴情的眼球。诺日朗，这个宽度居全国名山大川之首的瀑布，不但展示着它美丽的外表，更涌动着它巨大的能量，无数条瀑流如同纵情喷涌的生命之脉，让我不得不产生高山仰止的敬意。

九寨的叠瀑是永恒的，也是能给人无穷力量的。仰望珍珠滩瀑布，恰如一幅倾挂在蓝天白云间的巨画，那水宛如无数颗洁白的珍珠在高高的翠岩上凌空飞落，恢宏壮丽。如果站在它

111

旁边的高处俯瞰，那飞流而下的绿波银珠顷刻间翻卷成白浪的壮美景观会尽收眼底；如果站在它脚下远望，就会发现那渐渐远去的流水汇聚成连绵不断如哈达般纯洁无瑕的白浪。在这气势恢宏的场景里，让我听到这叠瀑不息的生命之音，也让我感受到发自其内心最为恣意的激情。所有这一切，给了我们人类无穷的力量，也让我们为它们的永恒而真情祈祷。

　　九寨的叠瀑还有很多，比如树正瀑布、熊猫海瀑布等，它们都有着各自的特色，有着自己的雄姿。那种义无反顾的纵身一跃，那种由躺而立的瞬变，那种在梦呓中顷刻发出震天撼地的呼唤，构就了九寨叠瀑的一种神奇、一种美妙、一种精神。当碧水从山岩上越腾而下几经跌宕形成叠瀑时，仿佛就是一群银龙起舞，滚涛声声，震撼人心。身处在九寨宁静而又美丽的深谷间，当听到如此訇然的声音时，想必没有一个人不会被这场面所感染，在内心深处的悸动中或多或少会产生对另一种生命的敬畏和膜拜。

彩　林

　　彩林属于金色的秋天，它是九寨美丽的衣裳。虽然在秋分这个季节里彩林仍只是淡淡的，但我还算幸运，大自然已派出秋风开始装点它们了，七彩霓裳的雏形已经被点染出来。其实，那些满山遍野的叶儿早已做好了准备，争先恐后地等待着秋风的点化。兴许有的变黄、有的变橙、有的变红，但不管变成什么样子，穿上什么衣裳，它们都会乐意接受，谁不愿意为九寨的美丽而多作一份贡献呢。

九寨的彩林，覆盖了沟内一半以上的面积。可以想象，在这莽莽苍苍的原始森林里，两千余种植物随着季节的变化，会呈现出各种奇丽的色彩。当然最难忘的是这金秋时节，树涛林海纷纷披上了富丽的盛装，争奇斗艳。片片森林，犹如一幅幅天然的巨幅油画，那苍翠的松柏、金黄的桦叶、深橙的黄栌、绛红的枫树、殷红的野果，高高低低，深深浅浅，错落有致，交相辉映，令人目不暇接。这时候，山上山下，水中水边，静的动的，都由彩林控制着，彩林便成了九寨的主宰。身处在沟里的游客们都会情不自禁地发出这般感叹：人在沟里走，如同画中行。在这如画如梦的景致里，我这个凡人俗客似乎也一下子被点化成仙了。

秋日的九寨煞是迷人，无论你仰望、还是俯视，无论你左顾、还是右盼，迎接你的无处不是佳景，无处不是美色，而九寨的彩林无疑是秋天里大自然母亲亲手描绘的一幅幅精美的图画和送来的一件件温暖的衣裳。当我们面对这层层叠叠、如梦如幻的彩林时，自然会产生一种浩渺幽远的世外桃源之感、一种温馨浓郁的幸福温暖之情。当然这得感谢大自然这位母亲，是它的无私无畏才把九寨打扮得如此分外妖娆，才有了九寨这美丽的彩林。是呀，很难想象，如果没有彩林，五花海还能千姿万态、独霸九寨吗？还能成为"九寨沟一绝"吗？如果没有彩林，五彩池能色彩斑斓成为人们心目中的最爱吗？

雪　峰

　　雪峰是高原的标志，是纯洁的象征。九寨的雪峰，即便在炎热的夏日，也是可以领略的。当你驻足于沟内向远方眺望时，远处山峰上白白的积雪便能清晰可见。而我在秋天的季节里来到九寨时，自然就更能清楚地看到沃斯喀雄、沃洛色嫫、达戈等几座四千米以上峰顶的皑皑积雪了。

　　九寨的雪山与其他地方的雪山是不同的，它的积雪不是很多，只是在山顶上有那么一点点。它看得见，但摸不着，似乎离我们很远，又似乎离我们很近，像一个纯情少女，总是在云海里躲躲闪闪，生怕谁会夺走它的贞洁。如果真有九寨仙子的话，那么这上面的雪峰也许就是仙子头上那纯朴的头饰。我知道，面对雪山有许多人是满怀敬畏和膜拜的，但也有许多人最想用"征服"两个字进行挑战。而我在眺望高远处的雪峰时，竟有了一种想触摸它的冲动，那感觉似乎渴望得难以抗拒，且不可名状。其实我很想把这些感受藏在自己的心里一个人独享，如果实在要我说的话，那只能说是一种美妙而又无奈的情思在心中涌动。说实话我是很不愿意像大多数人那样把雪山或雪峰比作冷峻孤傲的化身，虽然它神秘，但我还是更愿意把它当作我的一位冰清玉洁的朋友或梦中情人，真希望与它们进行一番别样的交流。我猜想着，也许在它冷峻孤傲的内心深处早就跳动着热情的火焰，也许在它神秘莫测的背后始终是那么的坦荡真实。

九寨的雪峰是宁静的，也是迷人的；是纯洁的，也是超凡的。在层峦叠嶂的簇拥下，它经得起诱惑，耐得住寂寞，乐意孤独而又静默地坚守着已经留存不多的一方人间净土。雪山是人类的朋友，它不想神秘，也不怕被人征服。如果有一天当人们终年看不到九寨雪峰的时候，也就是说当九寨仙子伤心地被世人无情地夺走它头上洁白的头饰的时候，雪峰不再，那么九寨的神奇也将不再，人类的生存也就岌岌可危了。当然，希望这只是我面对雪峰而生出的杞人忧天的感慨。

云　雾

九寨上空的云雾随处可见，是不足为奇的，也是用不着大惊小怪的，但我这个从江南平原来的水乡人还是被它们的姿态和气势所吸引、所感染。当我看到几乎能唾手可得的云雾时，仿佛觉得自己真的离苍天已经很近很近，近得似乎可以触摸到它博大的穹顶。

高原上空的云雾是浓重的，而九寨的云雾既浓重又灵动。山不转云转，峰不动雾动。它们像飘浮在天上无数条融合成团状的哈达，时远时近，忽高忽低。它们似云非云，似雾非雾。它们是生命的气息，是上苍的使者。它们是变幻的，也是多情的。有的见了我们这些远方的来客会害羞得飘忽不定，一会儿就飘得老高老远；而有的会驻足下来，静静地注视着你，默默地与你交流，即使要走也是走得缓缓地，一步一回头地。

也许，九寨的云雾比不上黄山、庐山的云海。它们没有一

115

铺万顷、波起峰涌、絮浪翻腾那样的壮丽，没有日出日落时的五彩斑斓，但它们有的是情意绵绵、真挚浓郁的气息，有的是执着的守望，有的是无私的奉献。我想，或许它们的祖辈已经把上帝赐予的全部色彩都给了翠海、给了彩林、给了藏寨……而留给自己的只剩下洁白和灰暗了。是啊，九寨有那么多的海子，它们还要云海干什么？九寨有那么多的彩林，它们还要五彩有何用？它们甘愿化作一个输氧工，辛勤地给这山、这水、这林、这家园输送新鲜的氧料；它们也甘愿变成一位守护神，不辞劳苦地守护翠海、守护叠瀑、守护彩林、守护雪峰、守护藏寨、守护九寨所有的神奇。

藏　寨

说到藏寨，就不得不提及九寨沟的来历，她是因这里居住着九个藏民寨子而得名。九寨的地名本无诗意可言，但九寨沟却有着美好的传说。相传在远古，主管草木万物之神比央朵明热巴有九个聪慧勇敢、美丽善良的女儿，她们来到这里的高原雪峰之巅时，看见可恶的蛇魔正在向水中投毒，饮了毒水的人畜纷纷倒地而亡。九个仙女商量着一齐发功，同施法度，终于打败了蛇魔。她们为了继续拯救人类，就留下与九个藏族男子结婚成家，形成九个部落，分居九个寨寮，重建了家园。因此，这里就成了神奇美丽的九寨。

藏寨是九寨热情的胸怀，虽然目前沟内只对外开放荷叶寨、树正寨和则渣哇寨等三个藏寨，但身处在这些寨子里就已经能让我强烈地感受到藏族同胞热情好客和奇特的民风民俗。浓浓的酥油茶，香香的牦牛肉，其浓香时不时地会飘然而来。在树正寨寨口的空地上，我看到了矗立在那里的醒目的金黄色佛塔、金灿灿的转经筒和五颜六色的写着字或没有字的彩旗。许多游人争先恐后地去推动转经筒，而我却迷茫地望着迎风飘扬书有藏文的彩旗。转经筒是什么？彩旗又是什么？后来一位身穿藏袍的小姑娘说了话才帮我打开了心结。原来九寨沟里的藏民属于白马藏族，按本教仪式，信徒和游客要按照反时针方向转动转经筒方可祈求福佑，而五颜六色写有道道经文的旗子叫经幡，旗杆上挂着的无字彩旗叫风马旗。经幡每被风吹拂一次，就等于吟诵了一遍经文，吟诵的次数越多就越能给周边的人们带来福分。哦，原来藏文化还有这么多的内涵。

　　在九寨沟风景如画的沿途，我们还能看到一些零零散散的藏寨，那是一种用石料和木头建造的楼房，一般有三层，立圆木为柱，底层是用石料垒的墙，大多是畜圈；二层以上就用木板做了，各房间也是用木板间隔的，这上面的房间才是藏民们的客厅、经堂、厨房和卧室。这些藏式木楼最大的特点是房屋内外的墙上、壁板上均用五色颜料绘制着各种精美的花卉、鸟兽图案，门上贴着色彩鲜艳、花纹吉祥的狮、虎等动物图画，艳丽美观。奇怪的是，藏寨里各家房屋的朝向是不一的，这至今令我非常不解，但房前屋后及寨前的经幡和风马旗是必不可少的。那些五颜六色竖立着的经幡，在山风的配合下，都会一遍又一遍虔诚地吟诵着藏胞们经常念念有词的"嗡嘛呢呗咪吽"。

完全可以这么说，翠海、叠瀑、彩林、雪峰、云雾、藏寨，都是九寨沟的骄傲，也是藏民们的骄傲。生活在这里的人们爱护九寨就像爱护自己的身体一样，不允许外人对它有丝毫的玷污和戕害，当然他们更愿意与游客们一起欣赏这美丽的景致，呵护这美好的人间仙境。

我依依不舍地再次面对这美丽的九寨风光、面对眼前这些多情善感的海子时，忽发奇想，或许因为身处在这人间天堂的藏民们心中都充满了无限的爱，他们才把这里的一草一木视为珍宝，倍加关怀；或许他们终年看不到大海的缘故，才把这些大大小小的高原湖泊称之为"海子"。海子——大海的孩子，多么深情的称呼啊！哦，我终于明白了，身处在大山深处的人们也是向往大海的，向往宽广、向往辽阔、向往奔放、向往自由、向往有一天能从地平线上看到初升的太阳。

九寨，虽然我们已经分别了，但我还会时常想起你，想起在你怀里听得和说得最多的一句话："扎西德勒（吉祥如意）！"借此机会，我也祝愿普天下的朋友们心想事成，扎西德勒！

草原·牧人·姑娘

香格里拉草原的初夏并不是最美的季节，但一眼望去已是满目翠绿，牛、羊、马、甚至黑乎乎的小猪崽，都自由自在地在原野上散步、奔跑。格桑花，一簇簇，三五成群的，黄黄的花瓣在绿草的映衬下，显得格外夺目，有温暖的阳光和滋润的雨露，它们恣意开放着，美丽而不娇艳，柔嫩而不失挺拔。不记得听谁说过，格桑在藏语里是幸福的意思，所以格桑花也叫幸福花，这种生长在高原上的幸福花儿，伴随着季节的变换，颜色也会变化多彩。我不知道秋天的格桑花该是怎样的容颜，我还想，冬日里它还盛开吗？

眼前的香格里拉草原并非我想象中的样子，它既没有像内蒙古科尔沁大草原那么一望无际，也没有像青海金银滩草原那样有着美丽的传说，确切地说，它只是山麓间一片或大或小的草甸子。然而，当我蹲下身来，目光从某一簇格桑花出发向远方延伸时，却看到了草原的广袤，同时也闻到了草原的芳香，甚至听到了草原的声音。我突然想，眼前这片无名的草甸，也应该有故事的，不一定美丽，但一定感人。我坚定自己的想法，尽管无法知道这些故事究竟藏在何处，但坚信它的存在，或许就在不远处，甚至就在我的身边。

当我无意间抚摸到身边一棵不起眼的小草时，竟感到了生命的萌动。我一个激灵，立即变得迷惘和伤感起来。眼前的小草是如此青春、如此娇嫩，它是什么时候来到这个世界上的？它会不会过早地被牛羊吞食？诚然，在如此广袤的草原上，有无数棵这样的小草，而这一刻，却只关注了身边这一棵。我顿然意识到，这一路走来，被我漠视了多少东西？与多少知音失之交臂？当我重新面对这片被英国作家詹姆斯·希尔顿描绘成"心中日月"的世外桃源时，不仅让我产生了对大自然的虔诚膜拜，更让我有了对这里一草一木的深深眷恋。

在草原上行走，柔软的草甸吻着我那双不起眼的软底鞋，留下一串湿漉漉的脚印。我在想，为什么这双软底鞋会踩出如此湿漉漉的脚印呢？当我抬头仰望蓝天，看到几乎能触手可及的白云时，终于明白了什么。难道是因为我脚上这双鞋走过川西的藏区、爬过青藏高原的缘故吗？如果是，那么今天我带着它一起来到滇西北的香格里拉，怎能不让这片飘溢着酥油茶芳香的草原感动呢。一双普通的软底鞋连续三年几乎走全了（除甘肃以外）藏民聚居的省份，我不知道这算是一种缘分还是一种执着。尽管我不知道此时此刻香格里拉草原上的小草是怎么想的，但我确信，它们对这双软底鞋是亲密的，至少是友善的。当然也可以这么说，这双鞋对藏区的草原和土地是有深厚感情的。

高原上的天气变化无常，不一会儿就下起了小雨。透过雨帘，我看到不远处有一间十分简陋的小木屋，低矮、破旧，宛如大海里的一叶孤舟。我不知道这是不是曲次拉姆（藏族导游）说起过的牧人居住的地方，正想着，小木屋里钻出一位戴毡帽的男子，中等个儿，略显驼背，手里拿一块木板。我想，会不会是防我这个陌生人的？我连忙向他挥挥手表示友好，可他不懂我的意思，茫然站在那里望着我。我斗胆走过去，看清了他那张刻满皱纹的脸。我说，扎西德勒！他朝我笑笑，嘴里说了几句让我无法听懂的藏话，便转身用木板去盖他的房顶了。

很快，雨停了，太阳也出来了。顺着一道坚细的银光，我看到牧人手腕上的银镯子。那是财富的象征，还是生命的护符？我不知道。但我不认为这仅仅是一件美丽的饰品。牧人站在小木屋前朝我微笑，而我有点不知所措。虽然我离他很近，也渴望与他说话，但我无法与他交流，更无法进入他的内心世界。

我望着他，如同凝视一尊雕像，开始了我的想象。

牧人看上去四十来岁，应该是一个结了婚的人。在此之前，我对藏民的婚姻产生过浓厚的兴趣，曾问过曲次拉姆。她告诉我，在藏区，仍有不少一夫多妻或一妻多夫的家庭，但在香格里拉，人与人、人与自然、人与神都相处得非常融洽、和谐，即便是一夫多妻或一妻多夫，他们的夫妻生活并不是我们常人所想象的，或像苏童的小说《妻妾成群》里描写的那样。比如说，某个家庭是一妻三夫，那么妻子是当家人，她身边只留一位在家操持家务的丈夫，其余两位，或安排去草原放牧，或让其外出打工挣钱，一年之内是不能回家的，待到来年才能回家重新听从妻子的安排，去还是留，因此，家里始终只有一位丈夫。而出生的孩子，不管与哪位丈夫所生，他们只对其中一位叫"爸爸"，而其余两位都被称为"叔叔"。

牧人不知什么时候走远了，我只能望见他的背影。在潮湿的大地和明澈的天空之间，他如一朵云彩在肥壮的牦牛群里飘来飘去，手腕上的银镯子依然发着坚细的亮光。我多么想知道，关于他的一切：他有孩子吗？他的孩子叫他叔叔还是叫他爸爸？在这个对于我们看来宁静而美丽的草原上，他是怎样度过孤独的春夏秋冬？在这一年的三百六十五天里，他有爱的需要吗？还有……我简直无法想象下去了。

一片乌云飘来，遮住了太阳，雨又开始下了，我的眼前一片模糊。我仿佛看到这位牧人牵着藏獒，吆喝着牛羊和马群，终于在一个风雪之夜走在回家的路上。我催促着他，快点！快点！温暖的家就在眼前了。看那，火塘里跳跃的火焰已经在为你燃烧；听那，打酥油茶的搅拌声也开始为你歌唱；还有，青稞酒的浓香也已经飘溢出来迎候你的归来。

有人喊"潘扎西"，我回头一看，曲次拉姆在招呼我，大概是车队又要出发了。站在公路边的曲次拉姆，脸上洋溢着高原红的灿烂。她站立的位置正处在我的上方，光影里，显得十分妩媚而又修长，一阵山风吹来，拂起她肩头多彩的披巾，宛如一位刚下凡的仙女。望着她苗条的身影，让我想起了初次见面时她的自我介绍，她说藏族人以胖为美，像她这等模样，属于标准的丑女。我不知道她是调侃自己，还是在客人面前一种不自信的表现。不过，从后来的谈吐看，她是一位性格开朗的卓玛（对藏族女性的昵称），想必是我多虑了。此时，我渴望而不自信地想，我走不进那位牧人的内心，能否贴近眼前这位卓玛的心灵呢？我有好多话想问，她结婚了吗？有几个孩子？有几位老公？或是丈夫的第几任妻子？她那一口流利的普通话是从哪学的？一个大山里的藏族姑娘是怎么当上导游的（而且是一位主要接待境外旅游团队的导游）？此刻，内心的我似乎成了一个贪婪的偷猎者。

那天晚上，当我俩并肩坐在香格里拉县郊一户藏民家做客的时候，在酥油茶、青稞酒和烤乳牛的浓香中，在欢快的歌舞声和"亚西！亚西！亚亚西！"（藏语"真棒、真棒、太棒了"）的呼喊跺脚声中，我们开始了深入的交谈，确切地说，是我开始冒昧的提问。

她的故事令我惊讶，不，是震撼！

曲次拉姆今年二十六岁，未婚，她的藏名翻译成汉语就是"草原的女儿"的意思。她的恋人在贵阳，一位做房地产生意的汉人，是她在云南大学导游专业学习期间认识的。两人的感情很好，完全到了谈婚论嫁的时候。她告诉我，很多藏族女孩13岁就结婚生子了。如果凭此推算的话，曲次拉姆这个年纪可以做外婆了。但他俩的爱情依然在婚姻的门口徘徊，是什么阻碍了这对恋人的进入？是不同的习俗，还是父母的不允？是经济的原因，还是社会的问题？我猜不出。曲次拉姆告诉我，其实没别的原因，只是她对男友有个要求，而这个要求对她来说是必需的也是合情合理的。她告诉男友，只能在香格里拉成家立业，其他什么地方她都不去。这也就意味着，她的婚姻必须以牺牲恋人原有的事业为代价，否则，即便结婚也只能天各一方。

这时，我看到曲次拉姆说话的眼神有点迷惘，但我听到她说话的声音依然那么坚定。是什么促使她不顾爱情之舟的倾覆而坚守香格里拉呢？香格里拉虽然美丽，但毕竟不富裕。我端起酒杯，呷了一口浓烈的青稞酒，用小人的鼠光望着她，问道，以你的自身条件，完全可以在外面更大的天地闯一番事业，况且你有一个有实力的后盾，或许走出香格里拉能赚更多的钱，为何要死守香格里拉呢？她的回答简单而朴实，令我失望，也让我感动。她说，她喜欢钱，但不喜欢太多的钱，外面的世界对她没有多少诱惑，她喜欢香格里拉这片土地，也丢不下两双生她养她的父母。

曲次拉姆老家有五个兄弟姐妹，她排行老四。两岁那年，作为童养媳的她被另一户只有一个男孩的家庭收养。半年后，那位比她大五岁的准丈夫因病去世，于是她成了这户人家唯一的孩子。当然，那时她还小，所有的事情都是在她懂事后，养父母亲口告诉她的。（此时，我一个心颤，透过酥油灯跳动的烛光，看到曲次拉姆盈盈的泪花，感觉自己的眼睛也被她的泪花打湿了。）曲次拉姆的养父母虽然没文化，但在一所学校做校工的养父还是把她送到了学校读书。在当地，像她这种做童养媳的孩子一般是不会送去学校念书的。从小学读到初中，又从初中读到了中专，最后又自修上了大学，她遇上了一对善良开明的夫妻，这是她不幸中的幸运。我问曲次拉姆，在藏区，能改变人生命运的途径有哪些？她想了想说，恐怕唯有读书了。我不知道这是不是唯一的答案，但我从曲次拉姆的人生轨迹中真切地看到了知识的力量。也许正是这些成长经历，让她丢不下两边的父母，离不开香格里拉。

香格里拉草原上的故事还有许多，当我们用真诚的心灵去贴近时，它们就会像格桑花那样向你绽放，你不但能看到它的颜色，而且能闻到它的芳香，更能听到它的心音，这就是香格里拉的博大和神奇，这就是香格里拉的魅力所在。

醉在绍兴

初到绍兴，去的第一个地方是沈园。园内，含香的蜡梅，被那场五十年未遇的冬雪折腾得病恹恹，从"双桂堂"里传来的古筝颤音，更增添了一份无言的悲情。寻音而入，只见一位年轻女子正抚琴弹奏，长发飘飘的样子，陡然让我想起了自己的初恋。

曲终人散，从沈园出来已是午后，空空的肚皮早已叽里咕噜，可我仍沉醉于"双桂堂"里那一曲《枉凝眉》的意境里，心中反反复复咏叹着"一个是阆苑仙葩，一个是美玉无瑕。若说没奇缘，今生偏又遇着他；若说有奇缘，如何心事终虚化……"的曲词。《枉凝眉》系《红楼梦》十二支曲的第二曲，意为白白地皱眉头。是啊，命运无常亦无情，无缘的永远无缘，过去的终将过去，追悔、痛苦、叹息、遗憾，全都无用。回望这座被称为爱情第一园的私家园林，让我感慨颇多。沈园门前两边屋顶上的积雪正不停地融化，沿着屋檐"啪嗒啪嗒"滴个不停，似乎在向人们诉说着什么。

我裹紧单薄的衣裳，迎着寒风，一路前行。往西走近一个街口，终于见到了那堵镌有鲁迅头像和"鲁迅故里"字样的石墙，那儿游人如织，阳光灿烂，该是一个温暖的地方。"子时春意闹，鼠岁笑声到"的大红对联悬于入口处两旁，呈现出一派喜庆热闹的场面。跨过街口高高的木门槛，便见不远处空中挂满了写有灯谜字条的红灯笼，不少人正驻足昂首苦思冥想，我也抬头凝视，忽有一条谜面迅速窜入我的眼帘："陆游唐婉相会沈园（打四字电视剧名）。"我一惊、又一喜，会不会就是当年央视一套热播的电视剧《难舍真情》呢？依稀记得片尾曲里的部分唱词："怀念，怀念相逢相知相爱。回味，回味真心真情真意。可是苍天不顾念。匆匆相聚，匆匆分离。留下我，仰天独自难过。"我凝视片刻，把情绪收回来，向一旁的灯谜组织者报了编号和谜底，居然猜对了！奖品是一张书签，虽然不值钱，但对于我这个喜欢读书写字的人来说还是很有纪念意义的。

鲁迅故里的鲁迅纪念馆建得颇具规模，走过正厅，便拐进一旁的"鲁迅文学奖作家作品展"展厅，看到那么多名家照片和作品介绍，我心头一热，顿时有了一种无法言语的冲动，像灌了一杯浓浓的烈酒，一下子就醉入文学的海洋里。在一位美女像前，我留步凝神伫立，那是获第三届鲁迅文学奖的著名诗人娜夜。第一次关注娜夜，是读了她那本《回味爱情》的诗集。"我的写作只顺从内心感觉的召唤，如果它正好契合了什么，那就是天意。"今天看了她这段创作谈，让我又一次回味起她那首我最喜欢的《生活》诗篇：

我珍爱过你 / 像小时候珍爱一颗黑糖球 / 舔一口 马上用糖纸包上 / 再舔一口 / 舔的越来越慢 / 包的越来越快 / 现在只剩下我和糖纸了 / 我必须忍住：忧伤。

也许，生活的本身就是由许多忧伤构成的，而我们活着的人必须忍住。

当然，即便生活再忧伤，我们还得活下去，还得吃喝玩乐过日子。说到喝，来绍兴是不能不喝酒的，就像到杭州不能不品龙井、去西藏不能不喝酥油茶一样。从鲁迅笔下的风情园里出来，拐了个弯，我就直奔位于鲁迅中路上的咸亨酒店。听友人说绍兴咸亨酒店的生意兴隆，经常没位置坐。我到那里时，确如朋友所说的那样，慕名而来的人很多，想必大多外来客与我一样，来这儿都想嚼一嚼孔乙己喜欢吃的茴香豆、喝一喝著名的太雕酒。孔乙己"欠十九钱"的欠条醒目地挂在堂内的柜台旁，作为招牌吸引顾客的眼球。如今，来这里喝酒已改为充值刷卡消费，看来即便孔乙己再世也万万欠不得酒钱了。我充了卡，先要了一碟茴香豆、一碗太雕酒，放到临窗的小桌上，转身又去点菜，霉干菜烧肉、酱爆螺蛳、咸鱼干、油焖笋、油炸臭豆腐等绍兴特色菜被我点兵点将统统叫上，可等我托了盘子回到座位上时，小桌前竟坐着一位戴眼镜的陌生男子。

"对不起，别的地方没位置了。"陌生男子是位年轻人，目光呆滞地算是跟我打招呼。

我说："没关系。"又问，"你也是一个人？"

"是的。"

"那我俩拼吃好了。"

见他没有反应，我又解释道："就是 AA 制。"

我一个人外出游走，在他乡或旅途中见了另一个孤独的人，老做这种拼吃的事儿。有一次在去湖南的火车上，就与一个浙江小伙子在餐车里吃成了朋友。

他回过神来，点头同意。我起身又去要了一碗太雕酒，加了一盆虾油浸鸡。

我端起酒碗说："兄弟，出门在外，能在一起喝酒也算一种缘分。"两人碰了碗，我浅浅呷了一口，而他竟一饮而尽。我见状，顿了顿，也一饮而尽。

又要了两碗太雕酒，年轻人接过酒碗又是一饮而尽。"兄弟真是好酒量！"我正想说这话，但还没说出口，他却已经伏在油腻腻的桌上抽泣起来。

"怎么啦，兄弟？"我焦虑地问。

在漫长的等待后，他终于抬起头向我诉说。

他是一位从河南开封来的大学生，去年毕的业，目前还没找到工作。这次来绍兴一是来这儿看看有没有发展机会，但主要的目的是想跟大学时的同班恋人确立正式关系，拜见她的父母，向她求婚。然而，这对谈了三年多恋爱的有情人，却遭到了女方父母的强烈反对，最主要的原因是男方家在河南农村，

129

家境贫寒。

我不知道，这算不算现代版的"钗头凤"。

大学生告诉我，他们相约在沈园南入口见面。他一下火车就直奔沈园，然而，从上午一直等到下午都没见恋人的影子，两人只通过一次电话，以后打她电话就不接了，再打竟是关机。大学生不知道也不敢打听去她家的地址找她，只能来这里借酒消愁。

碰筋之间，我们喝了很多，聊了很多。我被他的遭遇所感染。我说："兄弟，今晚陪你喝个痛快！"

借着醉意，我把充值卡一扬，扯开李逵般的大嗓门，高声道："掌柜的，再来两碗太雕酒！"

梦旅普者黑

一直有个梦想，什么时候能去这样一个地方，在那里什么都可以想、什么都可以不想，心无旁骛地看看风景，自由自在地说说梦话，过神仙一样的生活。

那天，接到云南丘北文联主席郭绍龙的来信，一纸"首届中国作家普者黑休闲之旅笔会"的邀请函像一道曙光，让我看到了梦想成真的希望。普者黑，这个深藏于滇东南群峰林立、碧水连天、荷香四溢的人间仙境，不就是被著名诗人、《滇池》杂志副主编雷平阳称为一个适合说梦话、神仙般生活的地方吗！神仙居住的地方，往往在某个遥远的深处，普者黑也不例外。从春城昆明坐大巴，一路颠簸，经过整整七个小时的长途跋涉，终于到达滇东南文山州的丘北县，真正开始了我的寻梦之旅。

普者黑，确切地说是云南境内一处拥有喀斯特湖泊群、溶洞群、孤峰群以及民族风情和人文资源俱全的风景名胜地，离丘北县城大约十三公里。好客的丘北文联领导，派出驾驶技术娴熟的张老师前来接站。说实话，来之前还真不知"普者黑"这个怪怪的地名是什么意思？在车上，我迫不及待地问过热情好客的张老师，才知道"普者黑"是撒尼语，意为"鱼虾多的地方"。据说还有另一种更具诗意的解释，可以引申为"生长快乐的地方"。一个可以生长快乐，那该是怎样一个好地方，令人无限遐想和憧憬。正美滋滋地回味着张老师的话，越野车忽然一个拐弯，眼前突现一片绿色，我一个激灵，心里"哎呀"一声，以为车子方向失灵开进了一个巨大的荷花池里。可越野车像一匹脱缰的快马，竟毫不收蹄，在一望无际的绿荷丛中继续向前飞奔。张老师见我一副惊讶的样子，告诉我两边就是有着活化石之称的野生荷花。车在绿色中穿行，两边的荷花像一位位亭亭玉立的美女，夹道欢迎我这个远方的来客。也许荷花在我们江南水乡并不稀罕，但在海拔 1400 多米的高原上，可以说十分罕见。

来到普者黑，映入眼帘的是旖旎的山水田园风光，蓝天、白云，青山、碧水，绿荷、红花……这里，有着美于拉萨的天，有着胜于桂林的山，有着清于西湖的水，有着多于江南的荷，果真是一个名不虚传的人间仙境。当晚，在文山州文联和丘北县宣传部以及县文联领导的精心安排下，我们去了一个叫仙人洞的撒尼古村落。奇秀古幽、水天合一的自然环境，原汁原味的民风民俗，特别是那场专为我们表演的撒尼歌舞，令我大开眼界。最让我回味的是情歌对唱，"说要唱歌就唱歌，说要打鱼就下河。只要小妹跟哥对，对到太阳下山坡。"最令我激动的是围着自己亲手点燃的篝火，与当地能歌善舞的撒尼村民一起学跳民族舞。很快，表演进入了联欢，联欢变成了狂欢，大家学着撒尼人特有的舞姿扭起了腰。在这样一个热情四射的场景里，所有的人都沉浸其中，都那么放松自如，我也像变了一个人似的，跟着音乐的节拍忘情地跳着哼着。突然，狂欢的人群乱了，感觉自己的脸被什么抹了一下，扭头一看，一只纤纤玉手在我肩头晃过，再一看，贴在我身后的是一位年轻的撒尼小阿妹。看着在场的人们逃的逃、笑的笑，我知道不对，用手一摸自己的脸，竟发现脸上粘了不少黑灰。不知是怨恨还是欢喜，我心里狠狠地说了一句：你这个坏阿妹，让我抹还！我顿然醒悟过来，这或许就是听说过的"抹花脸"，连忙去篝火边找黑灰。可等我抓着了一把黑灰回来，那位撒尼小阿妹早已像鱼儿一样游进了欢乐的海洋里。

撒尼人的"抹花脸"，据说已有一千余年的历史，那是为战胜妖魔、逢凶化吉举行的一种仪式。过去，人们用锅底烟灰不仅把人的脸抹花抹黑，而且可以抹遍人的全身，抹得越花越黑越多，越显得吉祥。这让我想起了著名作家卞毓芳在普者黑游玩时说过的一句玩笑话，他说，普者黑就是"普通劳动者黑"。是啊，这样的解释似乎过于直白和搞笑，但也不无道理，撒尼人崇尚黑色，撒尼小伙子以称"阿黑"为荣。当年人人知晓的电影《阿诗玛》，女主人公阿诗玛的恋人不也叫"阿黑"吗。我忽然对普者黑这个名字又多了一种解读，黑也是一种美！

清晨的一声鸟鸣，将我从昨夜的甜梦中唤醒，转至另一个全新的梦境里。晨曦中的普者黑，空气特别清新，走在绿树成荫的小径上，感觉就像进入了一个硕大的天然氧吧。路上，遇见晨练归来的《滇池》执行主编张庆国老师，他还有一个头衔是云南省作家协会副主席，这位以写小说见长的著名作家，在我心目中就像一位从梦想世界里走来的高人，他在小说创作上给过我无私的指教。那天，谈到小说创作时他说，"小说的本质，在于去除生活的表面，而揭示生活的本质"。张庆国老师既是一位好编辑，也是一位小说高手。记得 2007 年他发表在《人民文学》上的中篇小说《黄金画家》，一经刊登就引起了业内的关注和热议。这是一部能让人长久回味和思考的好作品，作者在巧妙地截取物理生命时间十二天的叙述中告诉我们，即便在诡秘阴暗、危机四伏的生活里，依然不乏温情和梦想。

寻梦之旅还在继续。在普者黑，最具特色的风情是在水天合一长满荷花的湖里打水仗，文雅一点叫泼水节。先是备好水枪、瓢盆等武器，怕水的再穿上一件"防弹衣"，五六个人一组，然后坐小叶船从蒲草堂码头出发。小船一离开码头，船与船之间的交战便开始了。那天，我与雷平阳的儿子小胖编在一组，为了这次水仗，小小年纪的他已经酝酿准备多日，等得有点躁狂了。因此，小船一出发，他就站在船头，边指挥众"弟兄"、边举枪向"敌"射击。《大家》常务副主编韩旭，被小胖的长枪射出的一梭子击中，差点掉进湖里。战斗进行得异常激烈，"敌"船上的人也不甘示弱，双方动用了船上所有的"武器",在五公里水路的行进中几乎没有停息过。助战声、呐喊声、欢笑声、噼里啪啦的泼水声,汇成了一部水战交响曲,仿佛是贝多芬《英雄》的旋律在翡翠般的湖面上回荡。战斗进行了两个多小时终于宣告结束,小船继续在波光粼粼的湖中前行。这时,太阳从云端露出笑脸,我顺着它的目光放眼望去,眼前的景致美不胜收:远山如黛、近峦叠翠、湖光银波、碧水连天、村寨野趣、风光无限。面对这宁静而美轮美奂的场景,似乎又让我听到了贝多芬的另一部交响曲《田园》。划船的艄公自豪地告诉我:这里清澈见底的一个个湖泊,是珠江源从滇东南奔流而过,在普者黑撒落的一把晶莹剔透的珍珠。船终于靠岸了,绍龙主席见我意犹未尽,就说:我们普者黑,一年四季几乎天天都有这样的泼水节,欢迎你下次再来!天天都有泼水节?我嘴上没说,可心里不信,以为他在说梦话。回到住地,遇见《边疆文学》编辑部主任马艳琳,问她怎么没去打水仗?她说,有一年冬天来这里打水仗,打得她"投降",所以不敢再打了。听她这么一说,我自感愧对绍龙主席了。忽然醒悟,这里是四季如春的云南啊,所谓的冬天也一定很温暖。

寻梦之旅即将结束,在普者黑短短的几天里,除了观景、赏荷、玩水、吃鱼、喝酒、品辣,更多的还是一个人与内心的我进行对话,或者说,酝酿着下一个梦想。离开前的那个晚上,我特意去湖边宽敞的草坪上,放飞了一盏孔明灯。希望它带着我未来的梦想,在普者黑童话般的夜空里,在满天繁星的簇拥下,越飞越高、越飞越远……

吃在舟山

民以食为天。我虽不是一位美食家，但很喜欢吃，每到一个新的地方，往往喜欢品尝当地的风味小吃和特色菜肴，而且讲究吃的氛围。这次有幸来到素有"海上明珠"美誉的东海渔都舟山市，自然不会放弃对"鱼、虾、蟹、贝"这些四时海鲜的"追求"。出门在外，什么都可以冷落，但千万不能冷落了自己的胃。这就是我的理论。

那天我和朋友们到达舟山时已近傍晚时分，在定海城里匆匆订好了旅店的客房，就直奔客运码头千岛海鲜城旁的临海夜排档。这里的海鲜夜排档一字排开，坐北朝南直面大海，渔船、客船、货船和军舰上闪烁的灯火，互相辉映，把海上夜景点缀得十分迷人，海浪拍岸，海风吻脸，浓浓的腥味给了我全新的感觉。

几位摊主见了我们都热情相邀，那拉客让座的劲头十足，似乎让人觉得我们这些外地人就是他们眼里的"盘中餐"，有一种即将被宰的滋味缠绕在心头，但我们还是经不住海味的诱惑，拣了一家卫生条件较好的摊点，挑了许多海鲜品准备"大开杀戒"。不一会儿，随着一股扑鼻而来的醇香，热气腾腾的红膏梭子蟹首先上了餐桌，细细一品感觉肥美可口，与在家里吃的味道大不一样；很快，鲜美的大黄鱼上了、鲜纯的琵琶虾来了、鲜嫩的清蒸带鱼也上了、鲜香的葱炒海瓜子也来了；而最让人吃出滋味的是一种叫"辣螺"的小东西，看似丑丑的、怪怪的，我和几个同伴吃了都说这辣螺名不符实，一点都感觉不到辣的滋味，便叫来了老板娘准备与之论理，"你说的这个辣螺为什么一点都不辣？"我心里在想是不是假的？老板娘见了我们吃的样子先是"扑哧"一笑，然后才告诉我们正确的吃法，原来吃辣螺这鬼东西要用牙签把整个螺头螺尾卷起来一块儿吃，不像我们平常吃河螺那样只吃螺头，其实那辣味就藏在螺尾里。真是不吃不知道，世界真奇妙。等我们酒足菜饱抹嘴买单时，才知那摊主并没有宰客，报出的菜价便宜得令我们感动。

舟山的海鲜风味小吃也不少，当我们第二天来到位于沈家门渔市大街时，临街小吃店里的带鱼粉丝煲、萝卜丝虾饺、普陀观音饼等小吃直撩人口水；附近舟山国际水产城里的干湿海产品更是琳琅满目，紫菜、鱼干、鱼松、虾米……应有尽有，连鱼骨头也成了食品柜台里的海味小吃。据说著名的沈家门夜排档更是火红，其食客、其场面、其规模是其他地方很难匹敌的。我很想去见识一番，只是大家赶着要摆渡去"海天佛国"普陀山，而不得不与其失之交臂。

也许是巧合，那天，接到定海一位同行朋友的电话，当他得知我在舟山时，热情地邀我吃饭，只是时间不允许，且我知道他正忙于工作，不得不谢绝了。想不到我从舟山回家不久，就收到了一只来自定海的大包裹，里面装的全是晒干的大虾。是啊，我有许多外地的朋友，他们的友爱之举总令我感动不已。

去到舟山，普陀山似乎是一处不能不逛的地方。乘快艇踏上普陀山的堤岸，除了烧香以外，最主要的活动还是"吃"，我们真想把舟山的海鲜吃遍吃够。其实，舟山的海鲜菜肴最大的特色是"鲜咸合一"，粉皮鲳鱼煲、红烧芝麻螺、醋熘鲨鱼羹、椒盐虾虫寻、雪菜黄鱼汤等上等菜肴都有这一特点，这正合我嗜咸嗜鲜的口味，因此吃到嘴里舒服在心里，有种欲罢不能的渴望。那天，我们几个忽发奇想，说服了岛上开设渔家海鲜馆的当地村民，把桌椅搬到了普陀山竹香居宾馆前的金沙海滩上，说要与大海同饮酒，与蓝天共尝鲜。

在海天合一的碧海银沙滩上，我们听着海浪吻沙的轻快节奏，迎着徐徐和风的温柔轻拂，品尝着美酒佳肴，享受着生活的甜美，体验着人生的浪漫。

第三辑

故土之恋

一缕挥之不去的乡愁

小巷情深

离开我曾经居住的那条小巷，屈指算来已经整整五个年头了。当再次扑入她怀抱时，既感到陌生遥远，又感到亲切温馨。

小巷很窄，细长幽深，汽车进不去，只能徒步前行。窄深的小巷显得十分宁静，让我隐约记起那段生活的快乐，然而呈现在我眼前的却是那些已被风化了的青砖黛瓦，残存着岁月留下的印痕而不见故人。这里大多是老式平房，住的人家已不多，想必现在要住的也多是些老年人或陌生的外地人了，我踏着小巷的街砖，回味着过往的日子，寻觅着那块熟悉的青石板。寻觅中，我深深感到小巷的孱弱和孤寂，她默默地藏匿在城市繁华喧嚣的背后，宛如一位躲在酒宴角落里的老人，只是静静地在一旁观看着别人的灯红酒绿、别人的山珍海味。她真的被高楼疯长的城市遗忘了吗？这令我有些伤感。然而，让我感动的是，她仍固守着自己的那份质朴和纯真。

小巷两边的房屋依旧，墙壁上斑驳赤裸的青砖正散发着苔藓的气味；不远处那栋熟悉的法式小楼在风中已有点倾斜，像一位风烛残年的老人，外墙上的爬山虎倒是一往情深，仍忠实地攀缘在主人的身上吐出新芽；石库门前那块光溜溜的青石板已经不在，不知何年离开了小巷。但我还能忆起那时的情景，光溜溜的青石板上，有我女儿蹒跚学步的脚印，还有她和小伙伴们提着单腿玩造房子游戏的快乐。小巷啊小巷，那是孩子们成长的摇篮。

走进我居住过的大院，那棵曾被我用菜刀像刽子手一样杀戮过的夹竹桃依然枝繁叶茂地活着，枝头挂满了洁白的小花。这是一种荡涤空气的植物，在共同生活的日子里，它同样荡涤着我的心灵。她宁可把空气中的那些毒雾吸入自己的体内，也要给天地一份清纯。夹竹桃，请宽恕我年轻无知，再也不与你调皮捣蛋了。微风拂面，我见到了最熟悉的那道墙门，蔷薇花正从里面攀缘过来爬在青黑的瓦楞上向我招手。墙门关着，我无法靠近她，因为我不再是这里的主人。花儿在微风中摇曳着，似乎要向我诉说什么，是依恋、是期盼、是祝福？是呀，那株蔷薇是我当年亲手栽培的，多少年了，见证了我的生活，我的成长，我的快乐。

原来住我楼上的台湾阿婆，大前年已离我们而去，人去楼空，触景生情，又让我一番感伤。也许是为了纪念她，她精心养育的那些波斯猫已成了我小说中的形象，小花、高兴令我记

142

忆犹新，特别是那只叫"高兴"的小猫，最不讲卫生，老是随地大小便。有一次我问台湾阿婆，为什么给它起了一个"高兴"的名字？她告诉我，这是一只随心所欲的猫咪，平时它高兴怎样就怎样，就随它心意给起了这个名字，让它高兴个痛快吧。阿弥陀佛！好一个善良宽厚的台湾阿婆。

那日，我在小巷里待了好久，终于碰见了骑着自行车风尘仆仆往家赶的老邻居王老伯，老人已经七十有几，他见了我先是一脸的惊讶，然后又像见着了久别重逢的亲人那般惊喜。在与他热情招呼之后，我也不止一个惊讶，首先惊讶的是他的状态，依然那么精神，那么爽朗，只是头发有些花白了；另一个让我惊讶的是，他骑的还是那辆永久牌自行车，一辆陪伴了他二十几年的车子。那车看上去真的老了，刚才一路走来，我清楚地记得自行车咣当咣当浑身作响，就是没听见他拐进小巷时的打铃声，事实上也不需要打什么铃了，估计那车早已淡出了小偷的视线。这时，从王老伯家低矮的门里走出一位女孩，令我眼前一亮，一问才知是他的孙女，已在城里的某个学校当老师了。我简直不敢相认，没几年工夫，黄毛丫头已出落成一个大姑娘了。王老伯告诉我，孙女明年就要出嫁了，到时请我喝喜酒。

时间过得真快，西边的太阳将要下山，天边挂满了彩霞。我告别了王老伯，正准备离开，突然闻到一股久违的烟味。原来，小巷里的家家户户又开始忙碌了，街巷两头的炊烟正袅袅升腾着，眼前的景象仿佛又让我回到了从前，这里的人们依然过着原来那般生活。真不知道这是一种恬淡，还是一种无奈？

是一种温情，还是一种惆怅？生活还在继续，小巷依然如故。我想，不变的是小巷的深情，变化的该是小巷里的生活。

感恩沙家浜

如果把回忆比作一列开往童年的火车，那么在这段旅程中，总有一两个让你感恩的人，一两件让你感动的事。由此，就自然多了一些对生活的向往和对生命的感恩。回首往事，梳理记忆的羽毛，才发现一生中需要感恩的人和事还真不少，那些记忆犹新的往事如丰满的羽毛时不时地会挠我记忆的痒痒，或像一个个完整的印记，深深地烙在我的心坎上，让人无法释怀。记忆中的沙家浜便是其中一个让我无法忘怀的印记。

说起沙家浜，之前还只是我的一个梦，一个离我很近又似乎离我很远的梦。说很近，是因为与我居住的地方才相距一二十里的路程；说很远，是由于小时候就想去沙家浜走一走看一看的梦想迟迟没能圆上。我第一次扑入沙家浜怀抱的时候，时间老人已将我安排到了一九九几年了，但我与沙家浜的情缘却避开了时间老人的目光，早在 20 世纪 70 年代初期就偷偷开始了。那时我还小，懵懵懂懂的，但现代京剧《沙家浜》这出戏和电影《沙家浜》我还是看了一遍又一遍，看得津津有味。就是从那时起，我对沙家浜有了认识、有了感情、有了好梦、有了去亲密接触的渴望。然而，这个渴望的好梦一做就是漫长的二十年。

在 20 世纪精神生活贫乏的 70 年代，娱乐活动不像现在丰富多彩，那时根本没有卡拉 OK、迪吧网吧什么的，更不要说打麻将等严令禁止的活动了，看戏或看电影就成了一种时尚的娱乐活动和最好的精神享受。因此，当京剧《沙家浜》和后来拍摄的同名电影在社会上公演和放映的时候，那真是盛况空前，加上《沙家浜》说的是我家乡常熟的故事，自然就成了我们这座小城里的一件喜事幸事，成了老百姓的最爱和骄傲，也成了我的最爱和骄傲。郭建光、阿庆嫂、沙四龙便是我童年的偶像，用现在时髦的话来说，我就是他们的"粉丝"。我还清晰地记得，电影《沙家浜》第一次在家对面的工人文化宫剧场放映时的情景，我不知道该用哪些更贴切的词语来描述当时的场面，只能沿用老套的人山人海来形容。放映的第一天，因为没票，我和许多人一样，准备伺机潜入宫内"看白戏"，当时文化宫大门口的人群像汹涌的波涛，涌来涌去的架势如惊涛拍岸，我与几个小伙伴因为人小受不了波涛的挤压，便纷纷爬到大门口那扇宽大的铁栅门上，不由自主地垒起了一座人山，当然我们也另有图谋，随时做好了翻栏入宫的准备。戏开始了，而我们还像猴子似的挂在外面的风中，心甘情愿地被里面的精彩诱惑着而久久不肯离去。

后来我小舅参加了县里的"朝阳花"文艺宣传队，排练了一出现代京剧《沙家浜》，他扮演的就是郭建光那个英雄角色，第一次演出我自然得到了一张珍贵的戏票，总算好好娱乐享受了一番。自那以后，我对沙家浜的感情就更深了，因为我的偶像就在我的身边，与我朝夕相处，这怎么不让我兴奋和自豪呢。我幸福了好一阵子，那段时间我老在众人面前炫耀，好像郭建光这个角色就是我扮演似的。我最喜欢开场时郭建光那个跨腿、踢腿，侧身亮相的动作，常常模仿着他的动作和腔调说上那句经典的台词——前面就是沙家浜！

是呀，沙家浜就在不远处的前面，而我像牛郎一样却始终近不了她的身。当时由于交通的不便（没有公路，只有水路），尤其对于我一个孩童来说，去沙家浜芦苇荡真是一件可望而不可即的事，让我心生期盼和遗憾。但老天似乎对我还算义气，很快让我认识了"阿庆嫂"和"沙四龙"。当然阿庆嫂不是电影里的那个阿庆嫂，沙四龙也不是戏里的那个帅小伙，他们是来自当时一个叫横泾的地方。需要说明的是，京剧《沙家浜》和同名电影，都是由沪剧《芦荡火种》改编而来的，而《芦荡火种》中的场景和人物原型等创作素材均是原作者在当时的常熟县横泾公社深入生活采集而来的，横泾即属于现在的常熟市沙家浜镇，因此我所认识的"阿庆嫂"和"沙四龙"应该说是正宗的沙家浜人。

"阿庆嫂"的大名我不知道，街坊邻居都叫她"大嫂嫂"，是因为家穷来城里帮人家（做保姆）的，平时就住在与我同院子的一个雇主家里。"沙四龙"是她的儿子，看上去年龄与我相仿，但他的大名我也不知道，我们都叫他"小龙"，平时他是在乡下的，每个月来城里一两次探望一下他的母亲，这所谓的"探望一下"说出来真的很可怜，就那么半个小时三刻钟的样子，即便到了吃饭时间，他都不吃一口就走人了。小龙第一次来时给我的印象不怎么好，主要是他走路的样子有点怪，一瘸一拐的，原来他是个跛子。小龙第二次来时我们才打了一个招呼。可当小龙第三次来时我们就已成好朋友了，虽然我们相处的时间很短暂，可他那次给我带来了一个不小的惊喜，给了我五只平时我最喜欢吃的阳澄湖大闸蟹。大闸蟹在当时是不贵的，但人与人之间的情谊由于大闸蟹的沟通自然很快就生长出来了。后来我与大嫂嫂也成了忘年交，空闲的时候，我常常缠着她要她讲沙家浜芦苇荡的故事，她给我讲了不少新四军和民兵打鬼子的战斗故事，当然还有许多当地的民间传说。一年后大嫂嫂回了横泾乡下，就不再出来帮佣了。听大人们说，她是回去照料瘫痪在床的丈夫。小龙也不来了，让我很感失落，当然也有因吃不到他亲手捕捉的阳澄湖大闸蟹而遗憾。突然有一天，我从学校放学回家，见小龙一个人坐在我家高高的门槛上，手上拎着一串用青苇叶捆扎的大螃蟹。我像见了久违的亲人一样，直扑上去。小龙也见到了我，但他却一下子站不起来。当我扶他进屋时，发现他的跛脚比以前更瘸了。后来才知道他是为了给我抓一只逃跑的螃蟹，而重重摔了一跤。打这以后，我就再也没有见到小龙和他的母亲，也没了他们的任何音信。

多少年过去了，恰如弹指一挥间，后来我终于有机会一次次地走进青纱帐去寻访当年我心目中的"阿庆嫂"和"沙四龙"，但遗憾的是都没有找到，也许他们像沙家浜芦苇荡里两只不起眼的水鸟一样，故意避开尘世的嘈杂和繁华，正静静地栖息在无边无际的青纱帐里过着幸福的小日子呢。今天，当我再次踏上这片飘着芦苇芳香的土地时，看到的是满目的新景美景，但我想到的仍是那些旧事往事，最想念的是小龙和他的母亲。

琴川河

如果说长江黄河是孕育华夏文明的摇篮，那么城市中一条条柔婉曲折的河流就是滋养古城文明的源泉。于是我想起了家乡常熟的琴川河，她横贯于我们这座江南水乡小城，默默地见证着古城的沧桑变幻。

古城的琴川河，在我童年的记忆里是那么清晰、美好。坐在那轻摇慢驶的乌篷船上，你会发现两岸时而枕着青瓦人家，时而依着碎石小路，时而驮着石板拱桥，清清河水，悠悠小船，好一幅"小桥、流水、人家"的江南水乡景致。

江南是一个多雨的地方，有雨的日子，我最喜欢做的事是撑一把伞在雨中行走，或到琴川河的石桥上看雨景，那点点雨花投进河中的刹那，河面上就会泛起一个个笑靥对我会心地微笑。

那时，小城里还没有自来水，清澈的琴川河是大人们洗刷东西的好去处，我每每喜欢跟着到河边玩耍。光溜溜的驳岸石阶是我最喜欢去的地方，每当我赤着脚丫子，踩在漫过水的驳岸石上时，一种亲密接触后的舒服感不可胜言。偶尔，那些胆大的小鱼儿会游到人的脚边，突然骚扰你一下，而你只能看着这些调皮的鱼儿自由自在地游来游去。这时，河面上的水就会像花儿一样，泛起水花，荡漾着快乐的笑容。我曾用家里盛饭的竹篮子当渔网，试图去河边抓这帮调皮的家伙，但它们机灵得很，总也抓不住。

有一年暑假，见好多小朋友都在琴川河里戏水，我便瞒着家人，也偷偷来到河边，斗胆作了一次更为亲密的接触。河水不深，清澈见底，但我的个子还是够不到河底。不会游泳的我，在河里吃了好多水。为了不被小伙伴们取笑，我奋力扶住驳岸石阶，两脚使劲地在水中上下拍打，经过一段时间的摸索，笨拙的身体竟能漂浮起来了。就这么一次，我尝到了水的甜头，似乎一下子谙熟了水的习性。是琴川河赐予的魔力，还是靠自己尽心的努力？我至今不得而知，但平生的第一次戏水就这么惬意，倒着实让我兴奋了好几天。于是，琴川河就渐渐成了我童年最亲密的伙伴。

一方水土养一方人。古往今来，流淌于虞山脚下的琴川河，生生不息。她辛勤浇灌着这片古老而肥沃的土地，哺育着一代又一代贤人志士。从吴文化的始祖吴君仲雍，到清代同治、光绪两朝帝师翁同龢；从春秋先贤孔子唯一的江南弟子言偃，到晚清著名的谴责小说家曾朴；以及许许多多蜚声海内外的仁人志士，无不是喝着琴川河的清泉而长大成才的。听长辈们说，贯穿于古城南北的琴川河上有七条支流，由东向西延伸，像古琴上的七根琴弦，每条支流从南到北分别称为"一弦"至"七弦"，这也许就是取名"琴川河"的由来吧。我虽没有见过琴川河上一至七弦的全貌，但不难想象，正是这条源远流长的母亲河用她那清瘦的身躯孕育了七条支流，如一把与众不同的古琴稳稳地架在这人杰地灵的千年古城里，让小巷化作细长的手臂，让小桥化作灵巧的手指，弹奏出常熟这座江南古城生命不息的旋律。

岁月无情，如今的琴川河，残弦寥寥，只剩断弦三两根，水也不如以前那么清澈了。但不管今天和未来的琴川河是什么样子，她永远是我心目中的母亲河。我忽然多了一种期盼，翘望有朝一日能看到琴川河上重现那见证古城历史和文化的"琴川七弦"。这个美丽的梦还能实现吗？

虞山不老情

　　江南常熟，有座山叫虞山。此山不高，海拔两百余米，在巍峨的大山面前，只能算个小弟弟。虞山，古名"乌目山"，因状如卧牛，又称"卧牛山"。听这名字，聪明人就能想象出它的模样。小时候，外婆为了让我这个笨孩子记住家乡这座山的两个古称，编了一句很形象的话：一头瞎了眼趴在地上的牛。虞山的模样就这么深深地烙在我的心里。但即便是一头趴着不动的盲牛，也被常熟人视为宝贝。虽说他的身材没五岳那么高大魁梧，容貌也无法与黄山庐山媲美，但也彰显出名山的某些特质，峰峦叠嶂、草木葱郁、山明水秀、人文荟萃，这在山少水多的长江入海口的吴地江南可谓凤毛麟角。

　　虞山，因吴文化始祖先贤仲雍（又名虞仲）而更名一直沿用至今。三千多年前商末古公亶父的儿子仲雍死后就葬于此山上，百姓为了纪念虞仲，就把此山改称虞山。小小虞山，遍布着众多景致，有剑门、破龙涧、老石洞、小石洞等自然景色，有齐梁古刹兴福寺、梁昭明太子读书台、南宋辛峰亭等人文景观，更有历朝历代的名人冢墓，孔子唯一南方弟子言偃、元代大画家黄公望、明清文坛宗师钱谦益、"秦淮八艳"之首柳如是、两朝帝师翁同龢等都立碑于此。因此，说起虞山，许多常熟人如数家珍，引以为豪。如有外地的朋友来，我常常会带他们到虞山顶上的剑门，一边喝茶，一边看山下的风景。在山顶上看常熟，青山绿树、河流湖泊、田野村落，水乡美景尽收眼底，就如著名作家荆歌所言：一下子就明白了什么叫"锦绣江南"。虞山，让我们登高望远，为我们拓展视野。

"七溪流水皆通海，十里青山半入城。"早在明朝那个皓月当空的中秋夜，诗人沈玄泛舟从虞山脚下经过时，就为我们常熟描绘了一幅秀美的山水画卷，留下了一首不朽的诗篇。诗中的"青山"指的就是虞山。常熟因虞山而灵秀、美丽、富饶。当年我就读的学校就坐落在虞山脚下，小小年纪常常被虞山的气息所吸引，每天下了课总喜欢从后门溜出去，爬到读书台那个小山坡上捉蜜蜂，或者干脆匍匐着身子钻进一个叫石梅洞的石缝里挖山泥，挖出的山泥稠软乳白，经过捶打成型后烧制，可以做成砚台、笔筒等文房四宝，也可制成驳壳枪、手雷等各种玩具。虞山，成了我和伙伴们最亲密的战友，山上的一花一草、一树一果，也成了我儿时最熟悉的玩伴。

虞山给了我很多美好的记忆。然而，随着城市一天天壮大，这头默默无闻为常熟把守城门的老牛却被越来越多的现代建筑侵扰挤压，甚至在他身上盖起了高楼，建起了居民小区。虞山正慢慢地被蚕食、被遮蔽，昔日的景致在逐渐消失。每当我站在北门大街仰望近在咫尺的虞山时，却难以看到他的身影。好在这些有煞风景的现象被越来越多的市民朋友关注和焦虑，保护虞山的呼声也越来越强烈。

2003年9月1日，对于在某中学教书的施老师来说，是一个特别的日子，不是因为学校第一天开学，而是那天他第一次提笔给常熟市委书记写信。信中表达了他这个人类灵魂工程师一个久绕心头的想法：拆除阻碍山景的建筑，"亮山"增绿，让市民与虞山更亲近。施老师与我邻居多年，虽然我和他有过同样的想法，但我没有他那份建言献策的勇气。施老师的建议，道出了广大市民的心声。这是一个人心所向、众望所归的建议，据说市委书记接到信后的第二天就去虞山周边进行实地察看。很快，一个被称为"亮山工程"的民心工程开始规划实施，这也是当年市委市政府一项最大的惠民实事工程。

"亮山工程"，东从北门大街、西至虞山新村、南自读书台、北到虞山公园，为充分展现山、水、城一体的特色，弥补虞山东麓缺水的不足，中间还开挖了一个面积达一万三千多平方米的"映山湖"。然而，即便是这么一项为城市增色、为百姓谋福的民心工程，在建设之初也遇到了不小的阻力。由于人们认识上的差异、利益上的不同，叫好声、埋怨声……各种声音此起彼伏，特别是一些没有达到预期目标的拆迁户，迟迟不肯搬迁，影响工程进度。最早提出建议的施老师也没少被人谩骂过。但"亮山工程"毕竟是一个听取民声、采纳民意、顺应民心的为民工程，最终得到了拆迁单位、拆迁居民和广大市民的理解和支持。经过一年时间的搬迁、增绿、改造、建设，公元 2004 年 10 月，虞山焕然一新，眼目清亮，让人们又重新看到了"十里青山半入城"的景象。如今，"亮山工程"已成为市民百姓人人向往的人间乐园。

亮山工程，作为全市最大开放式公园"虞山公园"的有机组成部分，不仅是造福市民百姓的实事工程，更是虞城一道亮丽的风景。我家就住在"虞山公园"对面的一个小区里，可以说每天都感受着虞山的气息，享受着虞山的恩赐。如果你想锻炼，就可以到"亮山工程"的塑胶跑道上跑上几圈；如果你想观景，就可以到"亮山工程"宽阔的草坪上欣赏一番；如果你有兴致的话，还可以沿着"映山湖"踱步走上一圈、甚至两圈三圈。

"世上湖山、天下常熟。"碧波荡漾的映山湖，宛如卧牛头上一只复明的眼睛，正注视着常熟这座美丽城市的变化和发展。但愿这只眼睛在人们的呵护下，永远清澈、明亮。

南门坛上

从古城区的南门大街一路走来，跨过护城河上的总马桥；或是从乡下进城，过了车水马龙的一号桥，就进入了熙熙攘攘的坛上。听上了年纪的人说，"坛上"的出典，是明朝开国皇帝朱元璋当政的洪武年间，建有城隍神坛而得名；又因地处常熟城的南面，古城墙的南门外，故人们习惯称之为"南门坛上"。

小时候，我住在城里的寺后街，第一次随外公出远门，去的便是南门坛上。那是 20 世纪 70 年代初，信息闭塞，活动范围小，从寺后街到和平街，再到县西街、县南街，然后拐到南门大街，感觉好远好远，恍若到了另一个城市。当年，护城河上还没通红旗桥，从城里去城外的南门坛上都得走总马桥。这座历经沧桑、曾一度更名"人民桥"的桥，像一位慈祥的老人，一手搀着南门大街，一手携着总马桥大街。

外公喜欢苏州评弹，那天带我去坛上的孔雀书厅听书。书厅在总马桥大街的尽头，我跟在外公后面，东张西望，吸引我的并非即将开演的评弹，而是街道两旁琳琅满目的店铺，还有满街飘香的酒酿饼和梅花糕。

走上孔雀书厅高高的台阶，几乎都是上了年纪的大老爷们。一把椅，一杯茶，有序而坐，品茗开怀。演出的舞台不大，男的手持三弦，女的怀抱琵琶，时而抑扬顿挫，时而轻清柔缓，吴侬软语，娓娓道来，说得听者摇头晃脑，沉浸在梦一般的享受之中。而我一个小屁孩，哪能承受这高雅艺术之重，没坚持多久，就昏昏欲睡。好在外公答应我，等听完书，带我去一个逍遥自在的好地方。

终于熬到了说书先生的"下回继续"。走出书厅，空气清新，外面的阳光真好。我像一只出笼的小鸟，高兴得活蹦乱跳，以为要去一个什么好玩的地方。一问才知，是带我去浴春池泡澡。这分明又是大朋友们喜欢的去处，一点也不考虑我们小朋友的感受。从孔雀书厅去浴春池，要经过平桥街上的"老三星"，那是一家副食品店，店面很大，像一位胸怀宽广的长者，迎候着南来北往的客人。那一溜长长的柜台，正对着街道，上上下下摆放的全是装满美食的宽口玻璃瓶，特别诱人，尤其像我这样的小馋虫，还未走近，就开始流口水。瓶子里五颜六色的糖果蜜饯，是我的最爱。可外公大步流星，一点也没有停下来的意思。

说到泡澡，我常去的澡堂是市中心西门大街上的天然池，坛上的浴春池还是第一回。浴春池与天然池的格局大同小异，但给人的感觉，似乎天然池更"高大上"一些，这兴许是城里城外的地域差异，也兴许是我等所谓城里人的偏见。

泡澡，重在于一个"泡"字，除了去污洁身，更重要的是泡在池子里的那份惬意，小时候不懂享受，唯有到了一定年纪才有所领悟。外公最喜欢泡澡之后的擦背，往热气腾腾的池沿上一躺，擦背师傅就会心领神会地走过来。澡堂里的服务员，外公似乎都认识，他喊那个擦背师傅叫"老丁"。其实老丁比外公要年轻很多，可这位操着外乡口音的老丁还是乐呵呵接受了这样的称呼。

第一次在浴春池泡澡，就泡出了我的感情，泡出了跟南门坛上的缘分。想不到，一个原本只关心酒酿饼、梅花糕、糖果蜜饯的懵懂少年，却在长大成人后，来南门坛上工作了十几年，与之结下了不解之缘，把人生最美好的青春年华留在了这片古老的土地上。

二

过去，南门坛上的标志物是城隍神坛，可惜在清末民初已遭废弃。如今，神坛遗址荡然无存，前坛街和坛心街也都不复存在，唯有那条叫"后坛街"的小巷子，歪歪扭扭地依稀能为后人指点大概的方位。我非考古学者，凭直觉，相信就在老三星和原中百二店这个区域。这里交通便捷，街巷通达，平桥街、君子弄、南新街均在此交会，有点像云南丽江城的四方街。

靠北的平桥街，是一条充满魅力的商业街，吃住玩乐，几乎样样都有。不少老字号都曾在这里安家落户，大泳斋、周公泰、全家福……我最喜欢吃的是大泳斋的熏鱼，每当家里来了客人，就会去这家熏腊店买一些熟菜，当然熏鱼是必买的，不管客人喜不喜欢，借着客人的光，也好犒劳一下自己的胃。

周公泰是一家食品商店，经营肉类、家禽、禽蛋、水产、干果干菜、乳制品、罐头食品等，很多时候我会买一些回家，感觉那里的东西货真价实，不用担心注水肉、灌沙鸡之类的问题。20世纪八九十年代，虽无使用化工原料的毒食品，但往猪肉里注水、往鸡嘴里灌沙的事时有发生。

离周公泰不远，是一家叫"全家福"的菜馆。如果招待宾客或朋友聚会，可以去那里点几道常熟风味的本帮菜，要上一坛桂花酒，畅饮几杯。当年，全家福的掌门人是一位姓程的女老板，快人快语，干练洒脱，巾帼不让须眉，生意做得风生水起。虽然好多年不见，如果在街上相遇的话，一定还会聊得滔滔不绝。

除了国营老字号，平桥街上也有一些个体小商户。全家福边上有一家没有名号的小杂货店，门面不大，但店主的名气不小。开店的主人是一位姓孟的老先生，在古钱币收藏圈内赫赫有名，是我见过收藏古钱币最多的一位玩家。可惜，当有一天我再次去观赏他收藏的宝贝时，他却悄然无声地走了，永远离开了我们。

平桥街，让我留下了许多难忘的记忆，也给我留下了好几个第一。参加工作第一张工作证照片，是在平桥街上的春蕾照相馆拍的；第一双皮鞋，是在总马桥堍平桥街口的鞋厂门市部挑的；成家立业后厨房里的第一把菜刀，也是在平桥街的铁器店里买的，而那把菜刀一直用到现在，二十几年依然锋利无比。

如果说，平桥街是一条充满魅力的商业街，那么君子弄便是一条装满故事的里弄。相传明代有一举人叫吴寅，弘治八年入国子监，做过武昌同知代管知府政事，后又任常德府、河东都运使同知等职，因有功而不争功，被人称之为"清官""君子"，有人赠题其门额"君子居"，故吴寅之宅所在的这条弄堂取名"君子弄"。

狭长的君子弄，除了一些商铺，还有电影院、储蓄所、理发店、旅社等娱乐服务业，居民住户也相对多一些，当年管理南门坛上区域的城南街道办事处也在此弄内办公。因此也可以说，这里是南门坛上的行政文化中心。

南门坛上有一家大戏院叫"新都"，后改称人民影剧院，就坐落于君子弄内，一些年长者仍习惯称之为"新都"。由于工作关系，我偶尔也会去那里"看白戏"，甚至有一次进到放映室，透过那个投影的小方孔，看到平时坐在观众席上不一样的场景，有滚动的光束、有跳动的画面还有攒动的人头，别有一番趣味。影剧院里的放映员老王，是个闲不住的人，几年前，我去南门坛上，见他在君子弄口摆了一个修理收音机、录音机的小摊。他说，摆摊并非为了养家糊口，而是退休后给乡邻们做点好事。

在君子弄里，最执着的是那些傍在人家屋檐下的修鞋匠，不管烈日当空，还是刮风下雨，总能见到他们的身影。这些人的手艺精湛，一双无法走路的鞋经他们一拨弄，很快就能焕发活力，我也好几次做成他们生意。这些修鞋匠不但手巧，心灵也美。有一次，一位修鞋匠多收了我一块钱，第二天一早，就找到我单位，非要把多收的钱还我。

从君子弄往南拐，便可进入南新街。这是一条洒满阳光的街道，之所以这么说，是因为一路往南，便能到达洙草浜轮船码头和南门长途汽车站，从那儿出发就可以走向更远的远方。

我有一位居住在南新街上姓朱的同事，他父亲是轮船公司开上海班的船老大，每次去他家玩，心里总憧憬着有一天也能坐上大轮船去一回大上海，逛逛南京路，看看黄浦江。而他最期盼的是父亲的归航，每次回家都会捎上一些只有大上海才有的东西，让我羡慕不已。

三

而今，最能代表南门坛上的标志性建筑，是位于南新街和君子弄交会处的得意楼。这座著名的茶楼，建于光绪年间，三层砖木结构的小楼之所以出名，恐怕与同治、光绪两代帝师翁同龢不无关系。翁同龢晚年归隐故里，常去那里品茗，并亲手

162

为这家茶楼题匾"得意楼"这一金字招牌。不过，招牌镀金再多也敌不过岁月的磨损，早在民国时期就已重修，以后又多次翻建。原本的茶楼也几易主人，挪作他用，国画社、工艺美术厂、画苑、帽厂、家具店都曾在这里折腾过。我在南门坛上工作的那阵子，小小得意楼已改成帽厂的车间和办公室，为了防火安全，跟该厂的保卫科张科长接触较多，每次踏上吱嘎作响的木楼梯，心儿就会随之起伏。那个时候，对古迹的保护意识很淡薄，只管使用，鲜有呵护。

那天我走过南新街，猛然发现得意楼已焕然一新。之前听人说过，此楼参照1938年的一张老照片，通过落架大修，将其恢复到了原始风貌，成为南门坛上的一个新亮点。不过，这种推倒重来式的"落架大修"值得商榷，虽然从外表上成就了南门坛上这一标志性建筑的本来面目，相关部门和施工方也意识到了保护这一点，在二楼和三楼的一处隔间内安置了百年前使用过的原木地板，让崭新的建筑存留一点历史的余味，但大部分都是新材料、新工艺，再怎么精心打造，保持历史风貌，毕竟失去了原始生命的体温。那天我站在南新街的街口，仰望这座散发着油漆味的崭新建筑时，不是惊喜，而是几许失落和感伤，这栋我十分熟悉的楼宇，在华丽转身之后竟成了一个陌生人。说实话，我的情感一时难于走近这位漂亮的贵妇人。

历史文化是一种积淀、一种传承，且不可复制，需要一代一代人的努力呵护。南门坛上的标志性建筑除了得意楼，保护最好的是浴春池，而且至今仍在招揽生意，迎候客人。常熟的浴室用我们的土话讲，叫"混堂"，但我更愿意称之为"温堂"。浴春池不管是布局格调，还是服务模式，一如我小时候的样子，身处其中，便能找回许多过往的温馨和感动。如今，这家创建于1921年的老字号，像一位不屈的老人，依然挺立在南门坛上。

在浴春池斜对面，靠近小庙场的拐角处，有一栋夹在平桥街和君子弄之间的双层小楼。镶嵌在门口墙根处的一块大理石告诉我，这里曾是一家建于民国时期的"福民医院"。也有人说是常熟最早的眼科医院，叫"复明医院"。同音不同字，暂且不管哪个说法正确，反正我在坛上工作的时候这里仍是一家医院，我们都称其"小庙场诊所"。

诊所里有一位姓李的老中医，坐镇君子弄一侧底楼朝南一间诊室，门口挂着"内科"牌子。诊所的正门开在平桥街上，但君子弄里有一小门直通内科诊室，方便像我这种能少走几步是几步的懒虫。我一有小毛小病就抄此近路，找李医生把脉解决。面对病家，李医生总是一副和蔼可亲的样子，边把脉边嘘寒问暖。许多病人药还未取，病已好了一大半。故他的诊室是最忙碌的一间，常常人满为患，许多病家都是慕名而来，尤其是那些上了年纪的妇女。起初我不明白怎么会有这么多妇女同胞喜欢找他看病，后来才知道李老出生中医世家，祖辈是远近闻名的妇科专家，据说他的一位同胞兄弟也是子承父业，虽足不出户，直接上门看病的人也是络绎不绝。

可惜的是，这家给百姓带来健康的诊所，早已物非人非。那天我偶尔路过，一眼望去，小楼的墙体灰黑斑驳，一副破败景象，里面堆满了破烂，简直成了一个最不卫生的垃圾仓库。

但愿这一现象是暂时的，待南门坛上历史街区保护与整治全面实施后，能有一个令人可喜的改观。

　　一店一铺均故事，一物一人皆风情。坛上的故事说不完，坛上的风情道不尽。时光荏苒，相信逝去的乃岁月沉渣，留下的是人间美好。

一座照亮古镇的楼

　　如果说一本书可以影响一个人的一生，那么一座楼可以照亮一个小镇的精彩，这座楼就是位于江苏常熟古里镇的著名藏书楼——瞿氏"铁琴铜剑楼"。他像一颗镶嵌在江南水乡的璀璨明珠，莹莹发光；又像一叠静卧于吴越大地的历史书卷，清香四溢。

　　走进古里镇西街的铁琴铜剑楼，阳光正穿过古旧的花格窗棂，斜投在青砖木柱上，那斑驳的光影，立即让人有一种穿越时空的感觉。过去和现在、历史和现实，似乎只是一窗之隔。如果你是一位富于想象或喜欢怀旧的人，也许就能闻到缕缕书香，悠悠绵绵。这书香，早已不是那种淡淡的芸香，却依然给人一种沁人心脾的感受，似一股清新的气息，氤氲透骨。置身其中，仿佛回到从前，从淡青或浅黄的缥缃里，阅看蕴藏至深

166

的记忆。在偌大的一进又一进的粉墙黛瓦里，我终于在东北角找到了那栋最想见的小楼。在我记忆里，那是一处保留最久最完好的书房，也是铁琴铜剑楼主人最早藏书的地方。他像一位深居简出的读书人，安安静静地固守在祖辈积淀的历史里。望着熟悉的木楼梯，我仿佛听到那拾级登楼的"吱嘎"声，只可惜如今已不能攀缘而上。他真的已经很老了，我怎能忍心再踩在他的肩膀上往上爬呢。

三十多年前，我从城里转到古里求学时，曾肆意地惊扰过这栋小楼。当年，我还是个懵懂的孩子，经常踩着他的肩膀爬上爬下，与几个同学玩捉迷藏。那时的铁琴铜剑楼正被小镇上的文化站占据着，既是员工的工作场所，又是百姓的生活居室。文化站的工作人员带着家眷都住在里面，每天"叮叮当当"奏着锅碗瓢盆交响曲，窗台上、过道里，扯着色彩各异但并不斑斓的"彩旗"，孩子们一放学就在楼前的院子里嬉戏。我居住在镇上的邮电所里，与铁琴铜剑楼一街之隔，况且文化站长的儿子又是我的同班同学，因此铁琴铜剑楼自然就成了我们这些孩子玩耍的乐园。在这样一个氛围里，除了玩耍，也让我接触了很多书，要知道在那个文学荒芜的年代，一本好书就像金子般珍贵，很难拥有，只能借阅，但借也很难，即便像《红岩》《太阳照在桑干河上》《苦菜花》这些书，人家也一般不肯外借，若能借你，也要先用纸将书包好，然后像地下党接头那样找个安全的地方偷偷交接。好在那位居住在文化站里的同学经常从铁琴铜剑楼里"偷"书借我阅读，虽然那些书不是原本铁琴铜剑楼的典藏古籍，但我依然像觅到宝贝一样兴奋不已。

往事如烟，随着岁月年轮的转动，好多事渐行渐远，而在铁琴铜剑楼里发生的故事依然那么清晰，仿佛就在眼前。记得 1976 年 5 月的一天，铁琴铜剑楼来了一帮风尘仆仆的陌生人，我恰好在那里玩耍，只见一位老人在院子里数着正步往中间走去，走了几步就停下来，指着脚下的地面，对几个同来的人比画着说了几句话，大家就开始忙碌地挖起地来。我不知道挖啥东西，想看个究竟，不料被大人们赶到一边去。我远远望着，只见那位老人从一个挖好的土坑里小心翼翼地抱出一个小坛子，交给旁边的人。后来才知道，那位老人就是铁琴铜剑楼的第五代传人之一的瞿旭初，因从小喜爱书画金石，父亲瞿启甲将祖传印章留他继承，那个坛子就是抗战那年瞿家埋下的一个秘密。1937 年，日本侵略者大举进攻我国华东地区，瞿氏后人把家中大部分藏品分散隐藏之后，将一批珍贵藏品埋入了地下，并约定，这个秘密绝对不能外传，更不能让日本人知道。瞿氏后人用爱国之情、团结之力保护了这些珍贵文物。时隔四十载，当七十二岁的瞿旭初老人把那个埋藏已久的坛子从沉睡的地下捧起时，心情十分激动，当即将坛子里的东西全部捐赠给了常熟文管会。小小的一个坛子，竟藏着五百六十多枚印章，其中包括自秦汉以来的各种官印和清代名家藏印等，特别是那枚隋唐官印"左鹰扬卫温阳府印"，有着极高的文物价值，在国内可谓凤毛麟角，备受世人关注。

酷爱藏书的瞿氏家族有这样一条家训："书勿分散，不能守则归之公。"铁琴铜剑楼的藏书之所以能完好地保存到今天，与这条家训是密不可分的。用瞿旭初弟弟瞿凤起的话来说："老祖宗关照的，能保则保，不保则捐。"瞿氏第五代传人瞿济苍、瞿旭初、瞿凤起三兄弟一直记着老祖宗这句话，从解放初的1950年起就开始向北京、上海等图书馆和文管会捐赠家藏的数十种数千册的宋元明善本书。时任中央文化部副部长的郑振铎，代表中央人民政府在致给瞿氏三兄弟的信中说："铁琴铜剑楼藏书，保存五世，历年逾百，实为海内私家藏书最完善的宝库。先生们化私为公，将尊藏宋元明刊本及钞校本……捐献中央人民政府，受领之余，感佩莫名。此项爱护文物、信任政府之热忱，当为世界所共见而共仰。"1982年，瞿启甲最小的儿子瞿凤起又陆续向各级文管部门捐赠古籍以及县志资料、名人札记、文物拓片、拓本、期刊等千余件，在捐出了瞿氏家族传家之宝——明代山水大家王翚的《芳洲图》五年后，这位铁琴铜剑楼瞿氏家族第五代最后一位传人终于安详地闭上了眼睛，也为瞿氏铁琴铜剑楼这个藏书之家画上了一个辉煌的句号。昨天的艰辛是今天的荣耀，经过瞿氏几代人的不懈努力，如今铁琴铜剑楼的藏书，都被珍藏在北京、上海、南京、常熟等国家图书馆里，得到了很好的保护。

阳光普照，微风轻拂，走在铁琴铜剑楼的楼宇间，感觉周围的空气都散发着淡淡的书香，我突然从忽明忽暗的光影里看到海市蜃楼般的景象。光影在变幻，仿佛走进了久远的乾隆年间，我看到一个高大的身影，那人穿着四开衩长袍、翻毛皮马褂，一条长长的小辫在头上晃来晃去，正指挥着工匠们在夯土整地造房子……莫非就是传说中的铁琴铜剑楼创始人瞿绍基。

当我从虚幻中回到现实，念起瞿绍基这个名字，不得不佩服这位铁琴铜剑楼的第一代主人，他开创了一项卓著千秋的事业，也感叹瞿氏家族的后裔们，从觅书、抄书、刻书，到藏书、护书、献书，如涓涓细流绵延五代。在二百余年的风风雨雨中，犹如琅琅书声，成就了一段流传千古的佳话。瞿氏铁琴铜剑楼从一个古老而年轻的小镇出发，与山东聊城杨氏"海源阁"、浙江归安陆氏"皕宋楼"、浙江钱塘丁氏"八千卷楼"齐名，被誉为中国清代四大藏书楼。在许多藏书研究专家眼里，铁琴铜剑楼的全面修复，具有里程碑式的意义。想必，那些爱书如命的瞿氏家族的先哲们，在九泉之下也一定会感到欣慰和骄傲。

沧桑逝水，风习递嬗，变的是沧海桑田，不变的是书香情怀。铁琴铜剑楼的书香将永远留存在江南这片沃土上。

在徽州会馆遐思

　　与清代著名藏书楼铁琴铜剑楼毗邻的，是一位并不陌生的新客人——徽州会馆。听外公讲，早在清朝乾隆年间，徽州会馆就安家落户于常熟城南门外的西庄街，三四十年代他曾经常去那里聚会。时隔多年，徽州会馆从城区乔迁至古里，做了铁琴铜剑楼身旁的新媳妇。之前，徽州会馆与古里应该是没有联系的，与铁琴铜剑楼也没什么关系。但世间有许多不相干的东西，往往不经意地碰在一起，便有了联络，有了友谊，甚至擦出了火花。当我们无法解释时，便称其为"缘"，就像我外公外婆，就像我父亲母亲。

　　外公是正宗的徽州人，老家在素有"徽州文化大观园"之称的歙县。早年他只身离开徽州古城来到吴越福地，拜师学艺做糖果。三十年代初期，就来常熟在冠生园糖果店当司务。由于地脉生疏，人脉关系少，徽州会馆便成了他心目中的家园。后与世居水乡常熟的外婆结为连理，自做糖果，在常熟城里开了一爿经营蜜饯糖果的食品店，取名"美亚食品店"，成了一个小商人。成家立业的他，虽然多了个帮手，却也多了几张小嘴。为了养家糊口，夫妻俩一个后堂，一个前厅，昼夜忙碌。经过多年打拼，竟成就了常熟城里第一家冰淇淋店。

新中国成立那年，开明的外公先将自己来了一次"打土豪分田地"的彻底革命，"砸"了店，给伙计们分了钱财，只身一人去上海滩闯荡。先被上海信谊糖果厂收留，后又自愿进了生产大白兔奶糖的上海益民食品一厂接受"劳动改造"。外公读的是私塾，写一手好字。后来我才知道，聪明的徽州人很早就明白，人生第一等好事乃读书，经商而富足有文化的徽州人被尊为"儒商"。所谓"儒商"就是有文化有修养的生意人。徽州人喜欢读书，但不是死读书，而是从书中悟得道理。日积月累，祖祖辈辈，这便有了"嚼诗书其味无穷"的乐趣，有了"百年事业在读书"的祖训，有了"读书好营商好效好便好"的经验，有了"创业难守业难知难不难"的精神。

外公的为人处事也给我留下了深刻的印象，平时他很注重待人接物的礼仪和经商的诚实信用。我小时候性格内向，在长辈面前不大肯招呼人。有一次外公从上海回来探亲，见我不肯"叫人"，当场就训斥了我一顿。不过，每年我都盼着外公早点回来探亲，这样就有大白兔奶糖吃了。外公除了会做糖果蜜饯，烹调手艺也是绝顶的。他从上海益民食品一厂退休回常后，我便成了小小美食家，享用着他亲手制作的美味佳肴。每天饭桌上的菜，不会少于六道，除了荤素搭配，还讲究色泽，每道菜的颜色几乎没有重复，道道色艳诱人、香浓味美。如今外公已仙逝而去，再也吃不到他烹制的美味佳肴了。

面对徽州会馆里那道描绘生活场景的精致砖墙，我多想穿墙而入，去寻找我的外公，再吃上一顿他老人家做的可口饭菜。

如今，徽州会馆做了古里的媳妇。巧的是，有着徽州血统的母亲，年轻时也带着梦想来到古里，在一个春暖花开的季节里，与祖居白茆塘边的父亲相识相恋，播下了爱的种子。徽州会馆能与铁琴铜剑楼走到一起，在江南古镇这片书香四溢的土地上相知相守，冥冥之中是以"书"为媒，而我父亲母亲的相爱相伴也与书有关。两人从研读一本书开始，只不过他们读的书一般人是不去读或读不到的。小时候我曾见过那本奇特的书，里面的方块汉字全都用四个阿拉伯数字标着。开始我不知道是一本什么书，直到懂事后才知道那本像两块豆腐干大的小册子是邮电所发电报用的。这让我想起了电影电视里地下党联络用的密电码，猜想当初父亲和母亲谈恋爱是否也用阿拉伯数字的电码发来发去？早些时候，古里和白茆还未合并，只是紧挨在一起的两个乡镇，像一对情同手足的亲兄妹。我父亲和母亲也是如此，虽然都在邮电所工作，但一个在古里，一个在白茆。直到七十年代中期，母亲带着弟弟和父亲一起住进了古里镇上的邮电宿舍，我也从常熟城里的省中转学到古里寄读，一家人才开始了真正意义的团聚生活。住在邮电宿舍里，我经常乘机钻进邮电所投递室的报刊杂志堆里"偷文"，也时常会望着一街之隔的藏书楼发呆。全新的生活，让我沐浴在乡间小镇美好的时光里，也萌发了我那颗爱书、读书、码字的文学种子。如果说书给徽州人带来儒雅和财富，那么带给我的是对文学的执着。

闲云潭影日悠悠，物换星移几度秋。岁月的脚步虽带走了很多看得见的东西，但留下更多的是看不见的财富。二百多年后的今天，常熟徽州会馆在古里这片书香热土上再现它的风姿便是一个明证。"邹鲁儒风""人文辉映""徽行天下""贾而好儒""传承弘扬"，像一幅幅精彩画卷，为我们后人展示了理学之源、宗祠之兴、科举之盛、教育之重、文房之富等璀璨的徽州文化。徽州与常熟，在这里融合，汇成一条共同富裕的历史长河。

走出徽州会馆，站在临河的会馆前，我把目光从旧时的光影里收回，想象着从西庄街旁边那条古城河一路流淌过来的河水，便对徽州会馆迁来古里与铁琴铜剑楼作伴有了更新更深的认识。

心情小筑

一处曲径通幽的禅房

温馨的澡堂

　　江南人称公共浴室为"混堂"，洗澡叫"孵混堂"，一个"孵"字也洋溢着江南人的绵绵温情。七八十年代，地处江南水乡的常熟城里公共浴室不多，档次也不高，不像现在打着洗浴中心、休闲浴场大招牌的浴室到处都是，名目繁多且花样翻新。但相比之下，我还是觉得那时的混堂有着现代浴室无法比拟的热闹祥和的气氛。打个蹩脚的比方，就像我们过去住的大杂院与现在那些高级公寓的区别。

　　过去常熟城里比较有名的混堂，如：西门大街上的天然池、南门坛上的浴春池、小东门三步两条桥附近的南新池。其实在我儿时的记忆里也就这么几家，那时我还小，在上海工作的外公每次探亲回家，常带着我去。因为住在古城区，我去得最多的就是西门大街上的天然池，但有时我们一老一小也会做

177

出一些"出格"的事，洗澡洗出河界，大老远地跑到古城外的浴春池去潇洒享乐。那时的常熟市区分城里城外，以现在的环城马路为界，西门大街上的天然池在城里的市中心，南门坛上的浴春池已过了护城河上的总马桥，也就属于城外了。

天然池位于西门大街上的北赵弄口，每次去那里洗澡总会洗出我的一些欲望来，附近山景园的阳春面、美味春的绉纱馄饨、莉莉公司的水果糖、春来书场的说书先生、西泾岸口出租书摊上的小人书（连环画）老是诱惑我的五官，但因为穷，很多时候我只能做个坚强的"禁欲主义战士"。天然池往东的西门大街那一段属于常熟过去的商业中心，犹如我们现在方塔步行街那般繁华热闹，人丁兴旺，占尽了地利人和，天然池自然也借了这个光，常常是浴客爆棚。

说到洗澡，先在堂口买好筹码，筹码是用竹片做的，像一把微缩的小尺子，紫褐乎乎浑身透散着古色古香，有了筹码就等于有了入场券，便可以登堂入室了。那时的混堂设施简陋，不像现在洗浴中心的包厢那样有考究的装潢，只分甲座、乙座、丙座等几个区域，甲座最靠里，地上铺着木地板，因此价格最高；乙座虽然也是木地板，但休息的区域设在人人可以经过的过道上；丙座就享受不到木地板的待遇了，且空间大，因而感觉最不温暖。洗澡的浴客进到什么档次的座区，自然也就分出了人的层次。后来针对有钱人又开设了雅座，所谓雅座无非是辟一间加装了一道门与外面的统铺隔离开来的房间，里面也挤着一二十个铺位。交了筹码便开始找铺，寻到空位置就可以宽衣解带了，脱下的上衣外套一般都抆在铺位上方的挂钩上，挂钩安置得很高，几乎到墙顶处，所有的人都够不着，必须用杈子扠上扠下，其他衣裤则放在浴床旁边茶几下的开口木箱里。虽然木箱都开着口，但从没听说浴客缺钱少物的事儿。

换上草编的拖鞋就可以洒脱步入沐浴区，里面水雾弥漫，池内热浪翻滚，仿佛进到了云里雾里的天池里，而我赤身裸体如同一条白色的小泥鳅夹杂在那些灰色的大泥鳅里，在热气腾腾的水池中舒筋活血，常常把自己的小脸泡得通红通红。孵混堂最大的享受之一是擦背，那一冲一搓一揉，如高山流水、祥云缠身，顿觉一身轻松。人说饭后一支烟胜似活神仙，我不会抽烟没有体会，故洗澡时擦个背在我看来就觉得赛过活神仙了。但那时要享受这种活神仙的待遇不是一般人所想的，对于我们这等小屁孩，更是一种奢望。因此我常常只能在浴后迷迷糊糊睡个觉，做个甜美的白日梦。当然，一般情况下也很少睡着，总是竖起耳朵听大人们天南地北地神侃，内容大都是一些社会新闻和生活琐事，既愉悦心情又增长知识，混堂里的休息区自然也就成了新闻发布中心和生活指导站。抽烟的浴客一般在出浴后要拿香烟孝敬堂倌，所谓堂倌就是现在的服务员，当然财大气粗或一些老主顾也会在入浴前先递上一支，堂倌受了烟也不是没有回报，总会殷勤地多发几次热毛巾给你，有时还会帮你擦一下背，温馨又从容。我没有香烟，就只能借外公的光了。喝茶也是大人们享受的专利，我们小孩最多倒一杯白开水解解渴。泡茶的水是放在兼作取暖用的煤炉上的水壶里，但它们老是挑逗着水壶盖，让它在壶上活蹦乱跳，现在看来壶里的水是不合健康要求的过热水。茶叶是分放在方形的硬纸盒里，一客一盒，生怕给多给少。洗完澡，有时外公会带我去斜对面的春来书场听一回书，那是题外话就不说了。

说起儿时的混堂就不能不说到浴春池，它与天然池的格局差不多，只是规模稍微小了点。浴春池坐落在南门坛上的平桥街上，那里是常熟城外另一个商贸中心。听上了年纪的人说，旧时也是有钱人的乐园，酒楼茶馆门庭若市、妓院烟馆也不乏人气，宛如天上人间的逍遥宫，因此连普普通通的混堂也冠于"浴春"的美名，当然那是中华人民共和国成立前的事。浴春池不像天然池那样"命苦"已被高楼覆盖，它至今仍然健在，只是老板换了一个又一个。说到浴春池的老板，自然会让我想起一个人，也正是这个人让我在那里洗澡洗出了感情。那是一位姓丁的师傅，我们都亲热地喊他"老丁"，老丁虽不是常熟人，但说起常熟混堂的历史就不能不提及他。他的老家在江苏丹阳，年轻的时候就来到了常熟，他把全部的青春和爱都奉献给了常熟的洗浴事业，据说常熟混堂里擦背、扦脚的丹阳师傅几乎都是从他那支根上来的。几十年来他从一个小伙计一直干到浴室负责人，而且还被选上了"劳动模范"。

老丁为人热情诚恳，擦背、扦脚样样精通。别看一个简单的擦背，先要将毛巾紧紧包裹到手上，一般人就连这个动作也做不好，我也试过，毛巾老是裹不紧手，不要说具体操作了。擦背师傅的动作看似简单，但必须要柔中带刚，力度恰到好处，轻重缓急来不得半点含糊，轻了搓不干净，重了皮肤吃不消，缓了浪费时间，急了擦不到位，看来擦背也是一门技术活。扦脚就更不用说了，那娴熟的刀功，削甲如泥的利索，还有只取老茧不碰肉的精度，着实令人叹服。我一般不接受扦脚服务，只是到了稍大一点自以为成人了就一个人独闯浴春池，为的是避开大人的目光，一个人偷着乐。过去擦背与现在略有不同，分为半擦和全擦两种，半擦就是坐在池边只擦上半身，全擦才可以躺在池沿上作全身清洁。有一次，浴春池新来的一个小伙计帮我半擦，擦得我天昏地暗，加上池内空气稀薄，我热昏了头躺倒在池沿上，小伙计以为我要全擦，推了我几下，见我不吭声才知道出事了，吓得不知所措就叫来了老丁。老丁手脚麻利，忙而不乱，他又是掐人中，又是给我冷敷，像一位医术高超的大夫。这些，当然是我事后才知道的。

如果说擦背、扦脚是一门技术的话，混堂里的敲背就完全可以看作是一门艺术了。那天待我恢复元气后，就接受了一次艺术熏陶，老丁特意免费为我做了一次敲背服务，那种敲背真是一种美的享受，不像现在的敲背已成了异性服务的代名词。老丁敲背功夫真的特好，当我闭目养神享受的时候，那"啪嗒啪嗒"节奏感很强的击打声如骏马奔腾，铿锵激越，仿佛把我带到了无垠的大草原上，让我跨马奔驰。老丁的这一"艺术"深深感染了我，不但让我放松了肌肉，还让我放飞了心情。

岁月如梭，老丁已经离开我们多年，现在只能深深地怀念他了。每当我去公共浴室洗澡看到擦背师傅的时候，就会想起他，想起那时的混堂，想起混堂里的温情。

江南雨

　　江南是一个四季分明的地方，江南的雨，经历了千百年的执着，汇成涓涓细流，化作甘甜雨露，浇灌着这片人人向往的富庶土地，滋养了一代又一代清丽灵秀的吴越儿女。于是就有了"小桥、流水、人家"的真实写照，更有了"人间天堂"的旷世美喻。

　　江南的雨并非一成不变，特别在孩童们眼里是梦幻多姿的。丝丝春雨，细细绵绵，毛毛雨飘落到身上，感觉是一种幸福；骤风夏雨，电闪雷鸣，冲刷掉的是恼人的尘埃和烈日的炎毒，换来凉爽舒服的好心情；沥沥秋雨，淅淅秋风，染红了枫叶、吹黄了柳枝，涂抹出七彩的美丽；寒夜冬雨，看似无情，可清晨醒来第一个向主人微笑的，便是爬在窗玻璃上的雨水用自身做成的冰凌花。

其实江南还有一种最令人心跳的雨，一种最叫人无法忘怀的雨，一种（除了江淮一带）其他地方所没有的雨，这便是梅子成熟时下的"黄梅雨"。梅雨季节里的雨，在大人们眼里是一种灰色的"霉雨"，而在我儿时的记忆里，却是一种快乐的"美雨"。为什么有如此大的反差？儿时的我百思不得其解。

每当梅雨季节来临时，大人们常常是忧心忡忡，皱着眉头，在家里忙得团团转，容易受潮的东西要用塑料纸包裹好，铺垫一些石灰作干燥剂统统收藏起来；雇请泥瓦匠来家里，帮着给长年累月"风餐露宿"的屋顶捉漏养护。而这时候的孩子们个个都露着笑脸，最开心了。趁着大人们忙碌得无暇管教他们的时候，纷纷去雨中像小狗那样无忧无虑地戏耍，摘杨梅、采枇杷，沉浸在梅雨带来的欢声笑语里；生活在农村里的孩童们更是自由自在，拿着捕鱼网具在田埂和水渠池塘边来回穿梭，冒雨赶捉"趣水鱼"，非得把背上的鱼篓装得满满才肯罢休，微笑的脸上常常沾满了水，那一头一脸的水早已分不清是雨水、汗水，还是鱼尾溅上来的泥水。

想当年，我也曾有过类似的经历，那时年少无忧，更多的是快乐，即使在令大人们最头疼的梅雨季节里。初中那年，我这个被外婆娇惯了的城里孩子终于被乡下工作的父母召回到身边，过上了空气清新的乡野生活。班上有个来自农村的邵同学，和我长得一般个高，与我处得最铁。或许是班上个头最矮的两个孩子，彼此惺惺相惜，形影不离。他最大的爱好是喜欢捕鱼捉蟹，而我最大爱好是喜欢吃这类河鲜。他家在农村，而我在小镇上，虽然两家的距离有相当一段路程，但每当雨季来临时，我就喜欢跟着他去他家附近的小河或水渠池塘边寻觅鱼蟹的踪迹，往往忘了回家的时间。当然，也常常满载而归。当菱角成熟的时候，他又拿一只大浴盆放进屋后的池塘里当船使，为我采摘鲜嫩的红菱。而我更喜欢冒着毛毛细雨，拿着鱼叉跟他去抓躲在水花生里产仔的鲫鱼，鱼叉在邵同学的手上就像一根长了眼睛的利箭，只要目标出现，一出手就能百发百中。江南水乡为我俩搭建了玩耍的舞台，而江南雨，滋润着我俩，成为一对情深谊厚的好伙伴。

当西南风伸出热辣辣的长舌把梅雨吞噬，阳光普照大地、天空变蓝时，我们这帮还沉浸在梅雨季节欢乐中的孩子们，眨眼间都长大成人，朝夕相处的儿时玩伴已各奔东西，很快也尝到了为人父为人母的滋味，跌进了蜘蛛网一样的繁杂生活里。这时，我才终于找到了"为什么有如此大的反差"的答案。

江南的雨，给人许多感怀，我忽然想起《红楼梦》里袭人开导贾宝玉时说的那句话：成人不自在，自在不成人。于是我又多了一个企望：等以后科学技术发达了，真的能建造出可以回复到过去的时光隧道，我希望做一个梦归的人。

曾园荷塘

　　骄阳似火的夏日，着实叫人心烦，虽然那火球已经滚落到山的那边，但还是未能带走我那颗燥热的心。晚饭后，我信手拿起丢弃在桌子边上那本尘封已久的《散文选读》，一打开就看到了朱自清先生的那篇著名散文《荷塘月色》，虽然以前已读过好几遍了，但我还是又一次拜读起来，读着读着便萌生了去曾园荷塘赏月的冲动。

　　我轻车熟路地来到位于古城区西南角的曾园，附近有我曾经居住了多年的老房子。一拐进那条久违而又熟悉的幽深小巷，立刻有了那种扑面而来的亲切感。曾园是清同治光绪年间刑部郎中曾之撰（曾朴之父）所营建的私家花园，取名"虚廓园"，人们习惯称之为"曾家花园"。园以荷池为中心，架以曲桥，配以亭榭，傍以假山，且借虞山之景，水光山色浑然一

185

体；回廊内留有李鸿章、翁同龢等人的书条石刻三十余块。晚清著名小说家曾朴，就是在此园度过了少年和晚年，他曾面对园中荷塘，幽思情动，执笔挥就了《孽海花》等著名小说。由此看来，这曾园荷塘的景致不比朱自清笔下清华园里的荷塘逊色。

一个人独处在这幽静的庭园荷塘边，避开了白天这里游人如织的喧嚣，很快就领略到了"什么都可以想，什么都可以不想"的妙处，望着眼前这"接天莲叶无穷碧，映日荷花别样红"的景象，此刻的我真的"便觉是个自由的人"了，现在且让我尽情享用这份难得的荷香花景吧。微风吹来，池塘里的荷花在满目碧伞的呵护下像见了老朋友那样向我颔首微笑，缕缕清香，沁人心扉，恍然间我心中的那份烦怨已跑得无影无踪，情思即刻变得舒展和自在。不远处树梢上的蝉与荷塘里的蛙正对着歌，使得庭园荷塘更为幽静，而在花红叶绿的弥望里，我似乎听到了莲曲荷语的天籁之音。

夏日的江南是个多变的季节，天空说变就变，一拉下脸面就雷声大作，毫不留情地哗哗下起雨来。雨打荷塘，最不怕是那荷叶，翠绿的叶儿总想承载更多的水珠，而多情的水珠大多会调皮地跃入荷池与鱼儿做伴，剩下的那些就在荷叶的绿色掌心里翻滚嬉闹，那圆圆润润的样子恰似银盘中晶莹剔透的珍珠。或许是我眼花，这晶莹剔透的小东西看上去真的不像水珠，而如一个个精灵，躲在绿色的掌心里永远是那么灵动。

透过缠绵的雨景，在池水涟漪次第盛开间，在只有雨声的寂静意境里，不知怎的在脑海里冒出了李商隐的那句"留得残荷听雨声"的诗来。这似乎跟眼前的景致格格不入，但我真是这么想了，我想到了眼前这些荷的归宿，想到了世间万物生与死的轮回，想到了这荷塘的主人。在红花绿叶间的寻觅中，仿佛看到了曾朴先生扶窗北眺的身影，猜测着他内心深处对那位扬州美女的痴情；也仿佛看到了他昔日的恋人宛月在这荷塘边深情凝望的倒影，哀叹他们两小无猜的悲情。想着想着，竟又让我平添了几分惆怅，且一发不可收。当我再次环顾渐入暮色中的荷塘以及周围的水榭亭台、假山楼阁时，眼前竟朦朦胧胧地映出了大观园里那个香消玉殒的"芙蓉仙子"晴雯，她的明眸就像一泓清澈的荷池，总有散不尽的哀怨涟漪，在如梦如烟的幻境里飘逸着，她虽然卑微，但大有那种荷花般的气概。岁月无情，在这沧桑变幻的世界里，还有多少个出淤泥而不染的叛逆会继续演绎那些凄美的故事？

雨中赏荷，应该是一件很惬意的事，多了一种意境的雨中之荷，比任何时候都显得更为动人和美丽。当然，雨中赏荷也会失去很多，比如月亮没了，比如蝉声停了，即使池塘里的蛙儿仍在尽情地鸣叫，也已少了一份和谐。

天色渐暗，而雨还在不停地下，看来今晚的荷塘月色是没有眼福饱赏了。所幸的是，我已释放了心情，便觉得该是回家的时候了。

看杨梅

看杨梅，是江南古城常熟普通老百姓自古至今的民风，用现在时尚的话来说，就是观光旅游。据清朝康熙二十六年《常熟县志》所载："四月中，宝岩杨梅极盛，游人结队往观，名曰'看杨梅'。"看来，我们老祖宗的观念不比现代人逊色，很早就懂得游山玩水了，还游出了花样，玩出了名堂。

常熟虽是一个县级市，但人文荟萃、民风古朴、人口众多、经济发达，是全国最大的县级市，那里有著名的"沙家浜"，属古时候的吴越地区。杨梅虽非我家乡常熟独有，在长江流域以南地区都有分布，但唯属我们吴越地区的杨梅最佳，难怪吃遍天下的美食家、大文豪苏东坡对吴越杨梅也赞不绝口。他吃了闽广的荔枝称："日啖荔枝三百颗，不辞长做岭南人。"当他吃了西凉葡萄、吴越杨梅后，又道："闽广荔枝，西凉葡萄，未若吴越杨梅。"看来杨梅确是水果中的上佳之品。杨梅虽然不是常熟的主要特产，但一个"看"字，着实让盛产杨梅的宝岩扬了名，我不得不佩服老祖宗的高明和睿智。到宝岩看杨梅，就是看个开心，求份惬意；看得心动了，手痒了，嘴馋了，你还可以自摘一番，尝个新鲜，玩个刺激，当然别忘了付钱给树的主人。

记得去年在那个杨梅熟了的季节里，我就到苍山翠谷之中的宝岩生态观光园里看了一回杨梅，与俏立枝头的家乡杨梅亲密接触了一番。那是一个雨后的宝岩，空气特别清新，绕过"福海"碧潭，走过"望梅"竹桥，便很快到了树冠圆整、密荫婆娑的杨梅林。走进梅林，我的心一下子就被空气中甜润、芳馥、醇美的味儿醺醉，那简直是一种恋爱的感觉，叫人沉迷，让人心动，令人陶醉。眼前重重叠叠、高高矮矮的杨梅树，已是绿肥红腴，缀紫垂丹，那一簇一簇杨梅就像五彩的宝石珠子，有的青绿、有的微白、有的淡红、有的浓紫。和风吹来，那些红红紫紫、水灵冰晶的杨梅便轻摇于枝繁叶密之间，散发出更为撩人的醇香气息。

虽说是来看杨梅的，但光看往往不过瘾，人总有那么一种原始的欲望。这里的杨梅树都承包给了当地的山民，眼前的这位主人就是土生土长的宝岩人，住在离梅林不远的山脚下，据说家里还种养着品种众多的花草盆景，因此也有不少人称他们为"花农"。有了这些花农像养育自己孩子那样的精心呵护，杨梅树就会生长得更加出色。我经得树主人的同意，先伸手摸一下，然后摘下一串乌红晶亮的杨梅，如数珍珠般地一个个放

189

于掌心里。看着乌乌红红、晶晶亮亮的杨梅，如同得到了红宝石、赤水晶那样兴奋。不知是激动还是别的原因，颤抖的手竟失去了平衡，慌乱中我本能地拼命捏住即将逃离的红果儿，那柔柔软软的东西怎经得起我这番粗野的折腾，浓烈的汁液顷刻如情人的眼泪一下子从指间沁出来，将我的手染得像一朵镶边的玫瑰。此时，不知开启了我哪道情怀，竟不怕羞涩失态地用干裂的嘴唇低头去吮吸，犹如在大庭广众之下进行甜蜜的亲吻。当一股浓浓的、香蜜的甜汁溢入口中时，心头便掠过一阵轻快的跳跃，那味并非只是甜腻腻的，而是带着恬恬淡淡的甘爽和清甜，绝不是市场上或商店里买的那种，有股原始的醇香野味；回味中，那甜蜜又透出一点酸意，但绝非是酸涩、酸楚的酸，那种酸意恰恰为单调的甜蜜平添了许多新鲜之感，酸甜适中、恰到好处的味道，完全像大自然精心调制出来的一样。这次的意外竟让我领略到了杨梅纯正地道的真情风味，实在难得。

漫步在宝岩的杨梅林里，当我再次回首"望梅"竹桥时，竟想起了曹操带兵时那个"望梅止渴"的经典故事，也许生活中有时也需要"望梅"这样的故事。于是，我对梅的神奇又平添了几分妒忌、几许向往。此情此景，当流连于竹园、草亭、清潭、梅林，扑入大自然的怀抱时，我仿佛又回到了无忧无虑的从前，就像一个贪玩的顽童，早已乐此不疲，游而忘返了。

别了，南京

出了中山门，感知身后的南京城已向我挥手道别。此时的我，既没有回家的喜悦，也没有别离的哀伤，只有猛踩油门把车开得飞起来的疯狂。汽车像一匹荒野里的野马，一路狂奔，奔到高速公路入口处的收费站，才想起跟在我后面的徐霄鹤同学，等了半天没见哥儿们的踪影，打他手机，才知道黑色奥迪已如鲨鱼般地往长江二桥窜去了。本想跟他拥抱后再道别的，可是我们已经"分道扬镳"，现在连个握手的机会都没有了，用蔡勇同学的口头禅说，就是"门都没有"了。我抬头看了看收费站上方的红绿灯，又从反光镜里望了望身后的南京城，可城市的轮廓已从视野中消失，剩下的是一片迷茫。雨打在挡风玻璃上，发出淅淅沥沥的响声，心情也由此变得复杂起来，那些来自全省各地的同学们就这样或道别或没道别地离开了我。

作为江苏省作协第十九期青年作家读书班一班之长，我突然感觉有一种说不出的滋味涌在心头。心，如淋着雨的小兔，慌乱地来回奔跑起来。

记得4月7日报到那天，班主任傅晓红老师就给我们每位学员发了三袋子书，有卡尔维诺的《为什么读经典》、诺曼·马内阿的《黑信封》、沈从文的《生之记录》、王朔的《和我们的女儿谈话》、赵本夫的《无土时代》和《斩首》、毕飞宇的《是谁在深夜说话》、叶兆言的《南京人》、陈丹青的《多余的素材》以及吴义勤主编的《中国中篇小说经典》和《中国短篇小说经典》等书籍。她之所以这么做，就是希望同学们多读书、读好书。在那天座谈会上，她谆谆告诫我们学员，"多多读书，认真写作"。她还说："作家读书班是一个加油站。"希望我们走得更远、飞得更高。借此机会，我代表第十九期青年作家读书班的全体学员，向和蔼可亲的班主任傅晓红和保障我们后勤生活的宋素兰等老师，表示衷心的感谢和崇高的敬意！

这期由省作协出资举办的青年作家读书班，没有像往年那样放在远离都市的植物园，而是安排在离石头城公园不远的省总工会石城会议中心，站在教室的西窗口，一眼就能望见那段并不喧闹的秦淮河。记得报到那天傍晚我就去了石头城公园，秦淮河像一只恋人之手，挽着古城墙的身子穿城而过。公园里所谓的"鬼脸照镜"，不过是一潭水塘和一块被风雨剥蚀的砾岩石壁，那模样不管像不像鬼脸，但让我看到了岁月留下的伤痕。据说，石头城最早是三国东吴时期，孙权利用清凉山天然石壁建立的军事要塞。几天后的一个深夜，当我从国际影城看完《立春》电影出来，一个人再次来到这块砾岩石壁前时，似乎多了几分感慨。我不知道自己究竟来此地做什么？此时的公园里已没有别的游人，只有我这个过客。不过，一个人的世界真好，你可以想，也可以不想；你可以哭，也可以笑。周围一片静谧，唯有踏在小径上的脚步声与我对话、共鸣。

4月8日那天，省作协副主席赵本夫与我们学员进行了第一次面对面的交流，他谈到了文学的理想与现实、文学的传统与现代、文学的技巧和精神以及文学的表现领域等诸多方面。并鼓励我们，热爱写作，能找到精神的归属，将来会终身受益。同时，又告诫我们，决定一个作家能走多远，不是语言，不是技巧，而是精神层面。虽然走得越远越孤独，但也许就因为有了这份孤独，才有可能让我们在文学的道路上走得更好。省作协副主席储福金、省行政学院教授米寿江、著名文学批评家汪政、省作协主席王臻中、省作协副主席毕飞宇、南师大外国语学院教授傅俊、南京大学文学院教授王彬彬先后为我们作了精彩的讲课和互动对话。

在这里，我不得不说一下毕飞宇，光着脑袋的他，讲课从头到尾不用讲稿，显得很牛的样子。据说，事前他与我们的班主任傅老师打过赌，三个小时的课时，他将采用与同学们问答互动的方式进行，不用讲稿。如果中途不冷场到最后，他赢；如果坚持不到最后，他输。最后他赢了，当然这得感谢我们同学，特别是女同学们的配合。我不知道我们可敬可爱的班主任傅老师事后有没有兑现一千元钱的打赌费。

毕飞宇除了打赌很牛外，说话极有亲和力，人也长得帅气，帅得令班上的许多女生眼球发亮。李云同学就是其中一位，她偷偷告诉我，她是他的钢丝（呵呵，比粉丝厉害多了），很想拥抱他一下。吃饭的时候，我们与毕飞宇一桌，我当着大家的面对大作家说："毕老师，我们的李云同学想拥抱你一下。"毕飞宇眼睛一亮说："可以啊！"当时由于他俩对坐着，中间隔着好几位同学，估计不好意思丢下饭碗就抱，或是怕我们见着了喷饭。事后两人有没有拥抱，那就不得而知了。

其实，同学们背后的故事有很多，只是有的我不知道罢了。不过，我们这个班的同学都很可爱，好多同学都给我留下了深刻的印象。就说笑声最多的那位，是来自连云港的心理医生穆文玲同学，架着一副眼镜，显得很文静，其实她是全班的一个开心果，总给我们带来欢声笑语。用我的话说，好阳光灿烂噢！当然，还有一个雄性开心果也不得不提，自称是来自高老庄的高玉飞同学，其形象确实可爱，他很搞笑，喜欢喋喋不休地说话，他的那个方言啊，像天外之音，说快了，让我们这些江南人听得目瞪口呆。我们这个班，美女作家很多，成绩斐然的也不少，最年轻的、也是最漂亮的韩思思同学就是其中一位。自古扬州出美女，呵呵，她就是来自扬州，这位还在扬大就读的大学生，已经出版了三个系列三十本图书。看来，我们这个班的牛人真的很多，来自盐城的胥加山同学，据说已经用稿费买了房子，不少稿费连他自己都不知道从何而来，甚至有从国外转手托人带给他的，当然那些稿费不是人民币，而是美元或别的什么币。也许，写文章的人大多情感丰富，要说我

194

们这个班上情感最丰富的，不是那些女生，而是一位来自宜兴的男生周晓东同学。临别时他提着行李站在高速公路出口处的那个样子，着实让我感动，他是含着满眶热泪与我们挥手道别的。想必，当他一个人孤独地向高速公路出口处走去的时候，一定泪流满面甚至泣不成声了。对了，还有两位少数民族同学不得不提，一位是来自鄂西南的土家族小伙、现任《镇江日报》副刊编辑的滕建锋同学；另一位是来自广西的瑶族姑娘，现任《雨花》杂志编辑的王诗茜同学。那天在去浙西采风的车上，两人唱的民歌让全车人听得一片叫好，掌声如雷。同学们的故事真是说也说不完，原谅我，就说到这儿吧。相信，全班三十一位同学，个个都有精彩的事儿。那天，在课程结束后的座谈会上，面对省作协领导，大家都谈了自己的写作经历、谈了参加读书班后的感受，每个人的发言和背后的故事都是那么精彩，虽然在此之前我跟许多同学有过交流，但还是让我刮目相看，特别是不少年轻的，像南林大在读研究生周丽，小说、诗歌都写得特别棒的育邦等同学，早已在文学的道路上走得很高很远了。

好了，我也得走了。坐在驾驶室里，伸个懒腰，然后做个深呼吸，扭动电门钥匙，点火，发动引擎，汽车终于像一个依依不舍的孩子，缓缓驶向收费站的取卡处。取了卡，收费站通道口的横杠就升起来了，我踩了一脚油门，汽车又一次缓缓跑动起来。真不知前方是一条有没有尽头的路。我瞥了一眼反光镜，只见通道口的横杠放了下来。我知道，此时已经没有退路。

雨越下越大，我猛踩一脚油门，银白色汽车如一条亮晶晶的鱼，快速向远方游去……

想与秋虫做个伴

当金黄色的树叶纷纷踏着风儿轻快地回归大地时，便知秋天到了。于是地球人都急着翻箱倒柜开始准备过冬的衣裳和食品，忙碌得似乎连见面打招呼的工夫都没有；而此时的秋虫们却纷纷躲在地球的某个旮旯儿，悠闲地鸣叫、欢歌、聊天，有的高亢像丰收号子，有的低吟如情人私语，有的婉转似亲人倾诉。

在多数人的眼里，秋虫这小东西很不起眼，简直可以说微不足道，因而过去在我周围有好多人对它们不屑一顾。但我总不那么认为，或许它们是宇宙中的某个天外来客，至少目前与我们人类同是地球上的一种生命。如果某一天不小心被美国的"勇气号"或"机遇号"在火星上发现这小东西的话，可以断言一定比哥伦布发现新大陆还要重大，比地球上发生任何一件大事都来得轰动。当然，目前这一说法纯粹是天方夜谭，但我们也不该小看这些秋虫呀。说实话，许多人与我一样，怀着一颗喜爱和慈悲的心，是非常关注和呵护这一小生命的。然而，现在的秋虫们却不太愿意接受人类的这种呵护，它们以死抗争，刻意疏远人类，特别是越来越远离我们这些生活在城里的人们。它们到底是看不起我们人类，还是真的害怕我们人类？我很茫然。

每当我念叨起这些秋虫时，记忆的闸门就会像念了"芝麻开门"的密码那样自然而然地被打开，那些珍藏已久的美好时光立即频频闪现。让我想起在陈旧拥挤但不失温馨的老房子里，那种其乐融融的生活场景，想起紧密无间胜似亲人的左邻右舍，想起狗尾巴草，想起小时候爬在瓦砾堆上捉蛐蛐儿……然而，林立的高楼终于将我和秋虫们隔开，从此以后我再也听不到秋虫的欢鸣。虽然高楼大厦为我们的城市装点了美丽，为我们人类营造了舒适的居所，住在坚固的钢筋水泥房子里，似乎很安逸；环顾四周装饰得非常豪华的居室，也倍感自豪，但不管怎么样我总感觉缺了点什么，是亲情、友爱，还是关怀？说来也怪，秋虫走了，世界变了，没有了秋虫噪鸣，人却变得烦躁起来，太静了也不安。于是，又留恋起有秋虫做伴的那些美好时光。其实我的欲望也不大，只需听着秋虫的声声鸣叫得到一点微不足道的热闹和一丝不可名状的安慰就足够了，但现在连这些也成了奢望。

在某个秋日的早晨，搬了新家很少去老街的我，路过花鸟市场时听到了一种久违的声音，那是一种叫黄蛉的秋虫在呐喊。我便循声寻去，走近一看，它们与我一样，也搬进了"豪华的有机玻璃房"，我像得到了心爱的宝贝一样不假思索地挑了一只回家。那夜，我兴奋得睡不着觉，把它放置在枕边竟一夜无梦。我常常揣在怀里给它温暖，喂食人参等补品让它长寿，然而任凭我如何悉心养护，没过几天它还是命归西天。那只秋虫死得有点不明不白，既不是冻死，也不是饿死，我想了半天也没想出一个正确满意的答案，最后我只能这么断想，也许是因为它享受不到阳光、吮吸不到雨露，饮恨而亡的缘故吧。

没了秋虫的陪伴，独寞之余不免有一种失落，躺在那套宽敞的大房子里，却感觉那么的压抑。仰望光滑平整的天花板，忽然想起叶圣陶老先生写的一篇散文——《没有秋虫的地方》，难道我的家就是叶老先生所说的"没有秋虫的地方"？想到那只秋虫的死，我扪心自问：是我这里容不下秋虫呢，还是秋虫不屑在此居留？于是便萌生了去秋虫喜欢待的地方居住生活的念头，可哪里有呢？

一个偶然的机会终于让我浅尝了这一向往的甘甜。那是一个秋高气爽的日子，好友约我陪他到乡下钓鱼，我对垂钓兴趣一般，但去乡间田野散心还是很乐意的。那天，阳光普照、天高云淡、空气清新，一踏上散发着泥土芳香的阡陌，我的心就像放飞的风筝开始飘扬起来，让我的心情重新享受到了久违的舒畅。乡下的那位朋友把我俩带到了一个人工开挖的鱼塘边，对我们说：塘里的鱼今天特意没下食，你们尽兴钓吧。我一听这话，心想，这哪是钓鱼呀？分明是"乘人之危、趁火打劫"

么。我就对同来的好友说：兄弟，有本事不在这人工鱼池里钓，到那边的野河里去比试比试。我那位好友的钓功比我好，他当然不肯示弱，但半天下来我俩几乎都两手空空，我只钓到了一条小鱼、一只小虾，他还不如我，只钓到一条比我还小的鱼。此时，我们听到了身旁秋虫的欢鸣，竟都跑偏了主题，两人丢下垂钓的渔杆，像听到多年不见的老友的召唤声，不知不觉地循声而去，我见到的是几只蛐蛐儿在野花草丛中对歌，在青砖瓦砾间吟唱。当染红了天际的晚霞伴着我俩还在兴高采烈的时候，乡下的那位朋友却在他的鱼塘边急得团团转，以为我们都被鱼吃了，他打我们手机时两人都以为是身旁的蛐蛐儿在叫，因为我们手机的彩铃声都像秋虫的嗓门。

忘了时间的我俩，终于在天黑之前有了回头之意，乡下的那位朋友问清了缘由，见两人都没钓到鱼，就立即张罗渔网要为我们捕鱼，被我俩谢绝了。我说，我们钓鱼的目的不是为了吃鱼，其实是来乡下散散心的。他见我俩死活不肯要鱼，就盛邀我们吃了晚饭再走。鱼塘边，在他那间破旧但很整洁的小屋里，我们品尝着刚从田埂旁采摘下来的新鲜蔬菜，感到了一种久违的甜美，回味无穷。或许是酒喝多了，我俩竟忘了回家（其实是真的不想回城）。

那夜，我听着周围那些知名或不知名的秋虫，如妈妈唤宝宝入睡那种催眠般的和鸣，在乡下那间虽狭小但倍感亲切的土屋里，睡得很香、很香。

一个人看海

那日，在如皋城与水绘园里的冒辟疆和董小宛道别后，便决定一个人去圆陀角看海。圆陀角位于启东市寅阳镇东南角，我之所以选择那里，一是因为浩瀚的长江之水由此入海，黄海、东海也在此划出界线，三水交汇，想必在那儿看海一定很壮观；二是圆陀角处在江苏的最东端，站在那儿兴许会成为省内观看日出第一人。

为了能在天黑之前抢滩圆陀角，银色威驰像一头虎虎生威的小马驹，载着我在新建的盐通高速公路上一路驰骋，液晶数字仪表台上的时速始终欢跳在 120km/h。江北的高速公路车少路宽，进入宁启高速后，宽敞的高速公路，前不见会车、后不见来人，只剩我一个人一辆车，倍感孤单，唯有车载台 103.7MHz 里的辣妹用撕裂的声音唱着《听海》为我解闷。记得王小波说过这样一句话："人生是一条寂寞的路，要有一本有趣的书来消磨旅途。"我想，一个人行驶在寂寞的高速公路上，或许也需要有一首好歌来陪伴，可张惠妹把这首旋律优美的歌演绎得太苍凉太伤感了。我把播放模式切换到 CD 档，六碟 CD 搜索了老半天，竟没有一首我喜欢的歌，干脆关了车载音响，让自己的脑海腾出一点空白。就这么一个人畅通无阻默默地开着车，自由的快感和孤独的无奈好似一对热恋而不能结合的情人，缠绵拥抱在一起，难分难解。此刻的心情可用四个字来形容——酸酸的爽。

傍晚时分，在原汁原味的海风簇拥下，我终于抢在夜幕降临前赶到圆陀角。此时，圆陀角风景区的铁栅大门早已紧闭，而周围除了小树小草已无别的安慰之物。汽车只得在外围狭窄的公路上寻觅安身之处，可前方除了天地之外竟无一建筑物。约莫开了一公里路程，终于像见到亲人似的遇上了一位赶着毛驴车的老人。一问，才知附近只有隐藏在风景区大铁门里的海滨度假村可以安身。

老人一头银发，胡子白长，看上去六十多岁，热情健谈，他听我说着普通话，问我是不是来游玩的？我说，想住在海边看看大海，也为了明天一早能看到日出。他告诉我，来看日出的人，一般不在这里过夜，大多一清早从别的地方赶来的。他的眼神似乎告诉我，晚上来圆陀角看什么海，只能听海浪声和看月亮了。

我下意识抬了抬头，天上果真有一轮即将满圆的月亮在朝我龇牙讥笑。我连忙低头从天上收回眼神，问老人，这里的太阳一般几点出来？

老人一听问他日出的事，打开话匣子就有点收不住了，告诉我，日出的时间随季节变化的，一般在早晨五点前后，夏天要比冬天早，这几天如果天晴的话，五点不到太阳就要起床了……

起床？我打断了老人的话，做出一副惊讶的样子，暗想，这老头也挺逗的。

他哈哈一笑说，人与太阳一样早起晚睡，人可以说起床，太阳当然也可以说起床啊。他说完没等我接话，就又改口问我，你知道我们寅阳的来历吗？我说不知道。他一边抚摸着身边那头金棕色的小毛驴一边告诉我，早晨五时称为寅时，我们这里日出的年平均时间在五点钟左右，因此就称为"寅阳"了。

天色已晚，我不想让老人说出留我吃晚饭之类的话，便打断了他的话问道，圆陀角只有那家度假村吗？老人点头。我一脸茫然，并说，可那里没人啊。他说，有人的，你只要大声喊上几声就会有人来开门。我还没回应老人的话，那头小毛驴倒不耐烦地叫唤着回应起来了。

告别了赶毛驴的老人和那头小毛驴，我掉转车头回到圆陀角景区大门口。大门依然紧闭着，没有一点声息。我坐在车里重重地按了几下喇叭，仍不见动静，便不得不下车探望。大门旁的门卫室里空无一人，柜子上的电视机也闭着眼在休息，只有一台电风扇傻傻地做着机械的旋转动作，我想问它，主人去哪了？可转念一想，它只会转，即使知道主人在哪儿，也绝对不会告诉我。但电风扇的举动还是给了我一个暗号，主人一定在里面。我想起了刚才小毛驴的叫唤，便清了清嗓子，也学着小毛驴的样子大声叫唤起来。不一会儿，里面果然有个中年男子走了出来，看来必要的叫唤还是奏效的，虽然貌似不雅。

隔着铁栅门，我问他里面有没有住宿？那人上下打量了我一番说，有是有的，你几个人？我说就我一个人。他愣了一下说，要住的话可以，但要先买门票。我问多少钱？他说20元。天那！我有点不满地说，进去住宿还要买门票？他说这是规定。他见我不满的样子，又说，你是来看日出的吧，这几天天气不好，明天还不知道能不能看到日出呢。听口气似乎不太欢迎我这位远方的来客。他建议我还是住启东城里为好。我伸长脖子往里瞧了瞧，里面确实冷冷清清没有一点人气，唯见一块书有仿毛体字样的"万里长江由此入海"的纪念碑孤寂地站立在高高的堤岸上。在这么冷清的地方，我弄不明白眼前这位中年男子为何有生意不做。但我也不想弄坏自己的心情，就说，这里也确实太冷清，那我回启东市区住，明天早晨天好的话再过来看吧。他说行，反正今晚他就睡在门卫值班室里，住启东市里的话早起半个小时就行了。

这时，海风变得暴躁和固执，夹带着阵阵腥味直向我扑来，我迅速钻进汽车，掉转车头一脚油门就往启东市区疾驶而去。

二十几分钟后，启东市区就在眼前。夜色中的启东城霓虹闪烁，街道两旁的建筑纷纷披着五彩缤纷的盛装，几条过街的霓虹彩带犹如游动的金龙银蛇十分抢眼，马路上的行人也个个像一条条色彩斑斓的鱼游来游去……整座启东城宛若一个美丽的海底世界。啊，此时此刻我忘记了饥饿和疲劳，欣赏着另一片大海。

在人间海洋里遨游了片刻，我终于选中了一家四星级涉外旅游酒店。宽敞的大堂气势宏大，却又不失精巧细致，典雅中透出几分高贵，中庭里两幅巨幅浮雕"女娲补天"和"后羿射日"更是气势磅礴，蔚为壮观。想不到江北一个小县城竟有如此高档的大酒店，可以说，它胜过了我家乡江南古城里的任何一家宾馆酒店。"后羿射日"的故事想必大家都知道，但面对那幅浮雕让我浮想联翩，如果那天后羿躲在东海汤谷扶桑树下连发的白箭不是九支，而是八支或十支的话，那么我们居住的地球就不一定是这个样子了。假如只射死了八个太阳，那么剩下的两个太阳还会争权夺利，祸害百姓；假如十个太阳全被射死，那世界就会黑暗一片，肯定就不存在人类了，大海也没了，更没有什么日出了。

从总台服务员手中接过房卡，转身寻找电梯口时，猛一抬头，只见酒店总台旁的告示栏里写着，明日圆陀角日出时间：4点50分。哦，看来去圆陀角看海、看海上日出确是一个不得不看的重要景点。

大酒店里那张宽大的单人床很温馨，让我找到了家的感觉。或许是满脑子的看海看日出，一闭上眼，一望无际的大海随即就出现在眼前，让我想起巴金的《海上日出》某些片段：

　　果然过了一会儿，在那个地方出现了太阳的小半边脸，红是红得很，却没有亮光。这个太阳像负着什么重担似的，慢慢儿，一纵一纵地，使劲儿向上升，到了最后，它终于冲破了云霞，完全跳出了海面，颜色真红得可爱。一刹那间，那深红的圆东西发出夺目的亮光，射得人眼睛发痛。它旁边的云片也突然有了光彩……这时候不仅是太阳、云和海水，连我自己也成了光亮的了。

当我惊讶地感觉自己变得明亮时，突然，枕边的手机铃声大作，我努力睁开眼睛，可眼前哪有太阳，简直漆黑一片。太阳哪去了？我一阵迷惑，一看手机显示屏上的时间，凌晨4点钟。我终于明白过来，昨夜我怕误了看日出的时间，设置了手机闹铃，是这个贴身秘书催我起床去圆陀角看海上日出了。

我与威驰揉着惺忪蒙眬的眼睛，很快出了酒店，走向同样惺忪蒙眬的天际，走向我日思夜想的圆陀角。到了，终于到了，可海边的圆陀角还眯着眼静静地趴在那儿不愿醒来。我下了车，轻轻敲了敲看护圆陀角的那个人的玻璃窗，他撩开窗帘见我，便迅速走出值班室去摇醒圆陀角的眼睛。圆陀角只睁开了一只眼，让我和威驰进入。我忽然意识到了什么，拉了拉威驰的车闸，从车窗口递给那人一张20元票面的人民币，那人摆了摆手。我说，给你门票钱。他说，免了。我惊讶地问，为什么？他说，昨晚我不好意思说这里没有住客，怕你一个人住在里边孤单，因为这里除了餐厅没有任何娱乐活动。我"哦"了一声，心里一震，原来是这样。

我兴奋地来到海堤上，迅速选取最佳摄影和观赏位置。此时，东方已经吐出了鱼肚白，然而，太阳始终不肯出来，唯有灰色的云一片片挂在天边；退潮后的海面露出了她的另一面，弥望的是丛生的枯草，完全没有想象中海天相接的美景，难道今天不是看海的日子？也不是看日出的日子？

　　我久久遥望天际，眼前渐渐朦胧起来⋯⋯又渐渐明亮起来⋯⋯刹那间，我看到了另一片波光粼粼的大海和冉冉升腾的旭日。

　　哦！碧蓝的大海、壮美的日出，不在别处，在我心里。

第五辑

水韵江南

一方温润富足的宝地

雨后的同里

古镇同里，地处太湖之滨、大运河畔，距古城苏州三十余里、离"天堂"杭州也不过一百多公里，与苏嘉杭高速公路擦肩而过，地理位置优越，水陆交通便捷。优越的自然条件，使同里成为吴文化最富庶的地方，古时候曾称这片土地为"富土"。到了宋代"乃始称镇也"，并将"富土"两字相叠，上去点，中横断，拆字为"同里"，一直沿用至今。古镇区被同里湖、庞山湖、叶泽湖、南星湖、九里湖五个湖泊环抱；十五条河流，又把镇区纵横分割成七个小岛；四十九座桥再把小岛连成一片，成为江南典型的"小桥、流水、人家"的水乡景观。

带着许久的渴望，那天早上我终于有幸踏上这片令人向往的土地。不知是同里的好客，还是天公的作美。当我走上通往古镇的大桥时，一场细雨哗然而下，顷刻把所有的尘埃涤荡一清，空气立刻变得格外清新宜人。抬头望前，不远处的街巷民居、古宅老店、小桥流水已清晰可见，近在咫尺。同里的明清建筑很多，当我挤进只能容一人通过的羊肠小巷时，那些散发着青苔味的古宅老屋触手可摸，虽然牌楼上的砖雕图案已无法辨认，但在古朴和沧桑之间仍透出几分精致和灵动，似乎向我倾诉埋藏已久的悠远故事。同里人的生活恬淡又悠闲，那场小雨过后，许多老人又开始搬弄竹椅，端坐到古宅大院的门前或临河小街的檐下，在他们的脸上就能读出那份远离尘世的安逸。也许，正是这方清润秀美的水土，孕育了同里人古朴与平和的生活，连小猫小狗也很安静地匍匐在主人脚下，享受着和睦与温馨。此情此景，让我强烈地感受到一种返璞归真的温情，仿佛走进了"世外桃源"。

同里的明清宅园真的不少，比较有名的崇本堂、嘉荫堂、耕乐堂等深宅大院，或粉墙青瓦庄重古朴，或雕梁画栋美轮美奂，无不显露出静美和清丽的姿容。而退思园则最为出名，"退思"则取"退而思过"之意，系清代光绪年间安徽兵备道任兰生罢职回乡后所建的私家园林，是同里一处不可不去的地方。2000年被联合国教科文组织列入《世界文化遗产名录》，2001年又被国务院列为全国重点文物保护单位。刚踏进退思园的那一刻，并没有给我太多的惊喜。宅分内外，外宅有前后三进，门厅、茶厅和正厅。门厅又称轿厅，花轿到此停下；茶厅为接待一般客人所用；正厅才是接待高贵客人和操办祭神祭祖和婚丧等事的地方。内宅建有南北两栋以主人之号命名的"畹芗楼"，为主人和家眷居用。这些似乎与其他的古宅没有多大区别。老式宅院一般都是前宅后院的结构，此园怎么没有后院？我正纳闷着，宅中的旁门突然传来清脆的弦音，探门而入，别有洞天，庭院原来在此。放眼庭中，樟树如盖，玉兰飘香，清雅幽邃，渐入佳境。那《春江花月夜》的旋律，从庭中最醒目的"到客"旱船里传出，清音悠扬。走近一看，三个楚楚动人的同胞小姐妹正端坐在那里分别操着扬琴、琵琶和二胡在演奏，瞧那熟练的指法和架势就知道不是一天二日能练就的。走过"迎宾室"，这时，东边的"月洞门"外又飘来了古琴弹拨出的音符，袅绕的余音又把我引入另一处高墙庭园。哦！这里边还有一个宛若天成的大园林。与"月洞门"相通的"九曲回廊"把我引到东园内的曲径幽处，满园景色，美不胜收。真可谓：移步换景，处处有景。踏上平卧于水面的"三曲桥"，一曲耳熟的《高山流水》就从对面的琴房窗口越过清波倒影的水面"直泻"而来，这琴房内的盘发女子是在效仿"莺莺操琴"，还是真的是琴房主人的第几代传人？不难想象，一个稍懂"五音"的人在这一波三折的"三曲桥"上，若能听上三两首古曲，是一种怎样的享受。当我站在全园主景"退思草堂"堂前的贴水平台上环顾四周时，一幅舒展旷远、浓淡相宜、恬淡意静的山水画卷就呈现在眼前。退思园里还有许许多多的景致，它的亭台楼阁、廊坊桥榭、厅堂房轩，一应俱全，难怪电影《姑苏一怪》《红粉》，电视剧《红楼梦》《家春秋》等几十部影视剧都要到这里拍摄。

典型的"江南水乡"同里，被誉为"东方小威尼斯"，这里的小桥流水是不能不来感受的。它是同里的命脉，也是同里人的骄傲。水，养育了同里的一代又一代人；桥，沟通了一代又一代同里人的心。站在小河桥下的驳岸石级上，清清碧水从脚底下流淌，鱼儿时不时地在你面前畅游而过，你也许会产生下河戏水的冲动。而形态各异的石拱小桥更给我留下了美好的印象，这些横跨于两岸之间小石桥，用许多蕴涵着生命的石头连接成一条条通途，默默地驻守在逝者如斯的河面上。我相信，不管是著名的，还是鲜为人知的，每座桥的背后肯定都有可歌可泣的动人故事。"万事皆以民为本"，宋代著名诗人叶茵为此建造了意义深长的"思本桥"；"一泓月色含规影，两岸书声接榜歌"，明代建造的"东溪桥"上的这副对联生动地记录了当年文人雅士云集在这里的读书之盛况；而建于清代的"太平""吉利""长庆"三座连在一起的石桥是同里镇的桥中之宝，古朴典雅而又小巧玲珑，最为有名。每当婚嫁娶亲、婴儿满月、生日过节，镇上居民都要来这里热闹一番，"走三桥图吉利"的习俗一直沿传至今。

虽然是走马观花，但坐惯了办公室的我，已有一点累的感觉。还好，沿河临街到处是摆着桌椅的小吃摊，我拣了一处坐下，一位年逾古稀但仍很硬朗的阿婆立即过来招呼我，问我要吃点啥？我说，你这里有什么好吃的土特产？于是她就介绍我吃一碗她家自煮的芡实粥。"什么东西？"我不解地问。等她端上一碗微热的芡实粥时，话匣子已打开了：芡实粥是用我们俗话讲的"鸡头米"做的，你不要小看它，是个好东西，能治脾虚泄泻、男人遗精、妇女带下等毛病，是补品。用现在时髦的话讲，还是真正的绿色食品呢！嗨，过去那些有钞票的人不识货，吃"鸡头米"的全是我们这些穷苦老百姓。我们同里镇沼塘湖多，到处有这种野生的芡实，因为高出水面的芡株，活像一只公鸡头，所以大家就把这种东西叫作"鸡头米"。你不要看"鸡头米"粒粒跟珍珠一样，其实不太好弄的，外面有一层黑褐色的硬壳，采下来后，必须用桑剪剪开才能把肉取出，再把肉放在锅里加适量的碱，煮沸后倒进掺入河砂的布袋里，缝好口，由力气大的姑娘或小媳妇，到河边驳岸石上用力滚搓，直到外包的红翳去净，现出白肉，再用清水几次三番冲洗干净，摊在竹筒里晾干后，才做成我们现在所见的"鸡头米"。

哦，"鸡头米"原来是这样加工出来的，真是让我长了见识。

告别了慈善的老人，在即将离开这片富饶而又宁静的土地时，我又一次站在镇口那座高高的桥上，仿佛看到一幅幅"街河并行、小桥流水、万家尽枕河"的水墨画在眼前流动，不能不为她的灵气所感染、所折服。长期生活在城市繁华喧闹中的我，终于在这里找到了我的憧憬、我的梦。

平望之望

平望是江南一座古镇，吴侬软语，清丽婉约。如果说京杭大运河是一根银色丝线，那么平望就是穿在这根丝线上一颗晶莹的珍珠。

在一个明媚的春日，因平望文友之邀，有幸踏上了这片向往已久的土地。拜访的第一位主人是莺湖园。这是一个供市民休闲游玩的公园，无须门票，进出自由。她的热情好客和开放包容，一下子让我有了好感，如同相亲那般一见钟情。莺湖园不大，小巧玲珑，清瘦娇柔，典型的江南风格。花红柳绿，假山凉亭，荷塘池沼，碑刻回廊，曲径通幽，充满了"苏州园林"的韵味。特别是那座横卧于溪水之上的石拱小桥，好似一位做俯卧撑的顽童，调皮而不失可爱。园里有一个叫"翠庄"的盆景园，黄杨、黑松、含笑、石榴、香橼、海棠，还有许多叫不上名字的盆栽植物，真是让人大开眼界。在莺湖园草坪上，看到一牌子，上面有这样一段文字："莺湖园内有八千余种树木，春看柳条婀娜，夏赏荷花圣洁，秋闻松果芬芳，冬观梅花飞雪，会有一份超然脱俗的欢愉……"是啊，远离城市的喧嚣，深居在小镇的莺湖园，宁静而惬意，让人流连，令人羡慕。

来平望之前，就听说有一位造就平望古镇的主人，叫莺脰湖。看来是不能不去探望的。站在望波桥上，扶栏远眺，湖光水色，一望皆平。大概这就是"平望"的由来吧。宽阔的莺脰湖，清澈碧蓝，波光粼粼。让我不由得默诵起清代平望女诗人吴琼仙那首为家乡而作的著名诗篇："湖光十里碧粼粼，蟹舍渔庄自在身。细雨斜风归亦好，平波台上问仙人。近水人家先得月，垂杨时节未闻莺。徐忱旧馆分别是，何处东风第一声？"其实，从吴越春秋那时起，水天一色的莺脰湖就已名扬天下，除了那些流传至今的范蠡与西施、吴王夫差和金睛银鱼等美丽传说外，留下最多的是文人墨客的诗文和足迹，白居易、李白、杨万里、陆龟蒙、颜真卿、汤显祖等均与之有过亲密接触。"晓雾蒙鸿合，山藏岸绝痕。浩波吞日去，金晃玉乾坤。"宋朝著名词作家张镃对莺脰湖也情有独钟，一人写下《行次莺脰湖》和《再过莺脰湖》两首诗词。

望着掠过湖面的飞鸟，我突然想到了一个人，一位远在大洋彼岸的老同学。强是我高中时的临时同学，之所以这么说，是因为我们相处的时间很短。高三那年，在向高考发起冲刺还剩两个月的时候，我这个成绩尚好的理科生，突然对数学失去了兴趣，继而对文学产生好感而逃学了，为此被父母"发配"到在异乡当老师的姨妈家严加管教。就是在这个时候，我认识了强。强是吴江平望人，父亲去世后，随改嫁的母亲去了他乡。就这样，我和强在一个叫杨舍的地方一起学习，成了无话不说的朋友。我俩经常一起聊天，回忆过去的生活，回忆自己的童年。他说得最多的是家乡的莺脰湖、古运河，最盼望的是夏天，每每说起在莺脰湖和古运河里打水仗、摸河蚌的情景时，脸上就会开出一朵灿烂的花。在那个娱乐生活贫乏的年代，这就是孩子们的水上乐园。童年的记忆总是那么美好、那么难以忘怀，从强的话语里让我感受到莺脰湖和古运河在平望人心目中的位置。

江南因水而富庶，平望因湖而富饶。几百年前，在平望、在莺脰湖，就有"莺脰八景"之胜。也许，如今人们已看不到当年的胜景，但可以在历史的长河里找到它的影子。清朝吴敬梓在他的《儒林外史》里就有对"莺脰八景"之一"平波夜月"的情景描写，在第十二回"名士大宴莺脰湖，侠客虚设人头会"中，有声有色地描绘了八位名士夜游莺脰湖的美景盛况："酒席齐备，十几个阔衣高帽的管家在船头上更番斟酒上菜，那食品之精洁，茶酒之清香，不消细说，饮到月上时分，两只船上点起五六十盏羊角灯，映着月色湖光，照耀如同白日，一派乐声大作，在空阔处更觉得响亮，声闻十余里。两边岸上的人，望若神仙，谁人不羡？"虽然《儒林外史》是一部小说，但不失为那个时代平望人生活的真实写照。

可以这么说，莺脰湖是平望的生命之水，滋养着一代又一代平望人。平望，因湖而真、而美、而善。在这方风水宝地上，除了让寻常百姓安居乐业，也让佛门弟子安身立命，著名的小九华寺就坐落于此。莺脰湖畔，金墙碧波，涛声梵音，和谐共鸣。这座始建于明万历年间的江南名刹，历经沧桑，如今又焕发了新的容光。

走过小九华寺，在东南角的院墙处拐个弯，便可以看到那条闻名于世的古京杭大运河。令我惊讶的是，眼前这条古运河像一条褪了色的绸带，已无当年风采。如今新的京杭大运河已经改道与之分离，昔日的繁华早已不再。行走在古寺与古运河之间那条狭窄的古道上，油然生出一种沧桑感。古道尽头便是安德桥，这是一座典型的具有江南风貌的石拱桥，又名平望桥，跨于古运河与荻塘河交会处。安德桥的桥身很高，犹如一位饱经沧桑的老人，在风中伫立着。周围的一切都很静，静得有些冷清，看来伴随其左右的唯有寂寞和孤独了。我站在桥下，敬而仰之，心中不免有些感慨：这样的石拱桥如今不多了。见其一副风烛残年的样子，心中不免有些担忧，但又能帮上什么呢，唯一能做的恐怕只有默默祝福了，祝他老人家长命百岁。

见到安德桥，又让我想起了强。在我的记忆中，与强相处的那段日子里，他除了经常说起莺脰湖和古运河，也提到这座叫安德桥的石拱桥。他告诉过我，每当被人欺负或心情不好的时候，就会爬上桥头坐一坐。起初我不明白他为何这么做，还一度以为他可能想不开有跳河的念头。后来在我俩分别的时候，他终于道出了心中的秘密，原来他把这座石拱桥当作父亲的肩膀。冰冷的石拱桥在强的心里便有了生命的体温和力量。兴许，这座石拱桥让他有了好好学习和生活的勇气。强的成绩很好，用现在的话来说，是个超级学霸，后来他留学去了美国。虽然我俩相处的时间很短，后又失去了联系，但我时常还会想起他。

我想象着强小时候爬安德桥的样子，轻轻踩着石阶一步一步往上爬，竟发现石阶与石阶之间的缝隙里生长着几株小草，在风中顽强地往上冒。爬上高高的桥头，视野顿然开阔起来，我迎着风，极目远望，心中充满了期盼。

五彩桃源春色行

　　江南的春天，是一个多彩的季节，桃红柳绿，鸟语花香。第一次来到江苏最南端的桃源，走进这座与乌镇一隅之隔的历史文化名镇，就有一种春风扑面的亲切感。"问津桃花何处去，为有源头活水来。"桃源，一个美丽的江南水乡，因这副千年古联而得名，让我有了更多美好的向往。

　　那日，跟随省作协采风团老师们的脚步，首先来到一个叫"新亭荡头"的自然村。汽车在村口的停车场刚停稳，热情的村民们就围拢上来，像迎接远道而来的亲人。沿着干净的村道一路前行，走走看看，聊聊问问，发现这个只有七十多户、二百多人的小村庄，居然跟城里人一样，有公厕有路灯，还有污水处理站，家家户户都用上了自来水，喝着甜净的太湖水，是一个名副其实的"星级康居乡村"。听村干部介绍，他们这个村除了主要从事苗木种植和销售，还有纺织、酿酒、电子等产业，全村人的日子过得红红火火。

穿过枝繁叶茂的树林，绕过鹅鸭戏水的小河。走在最前面的省作协范小青主席忽然停住脚步，指着身旁的一户农民新居招呼大家，说到她家里喝茶去。我惊讶地探头张望，是一栋崭新的独院小楼，高大的花岗岩门楼宽敞大气，门楣上"紫气东来"四个金色大字在阳光下熠熠生辉，彰显这户人家的祥瑞富足。一旁的吴江作协主席周浩锋告诉我，这里是范主席当年随父母插队生活的地方。随人流进院，看到范主席与乡亲们拍照聊天拉家常，那份由衷的热情和激动，像是回到了亲密无间的娘家。我被欢愉的气氛和热闹的场面所感染，心想，难怪范主席能写出《赤脚医生万泉和》这样接地气的大作。

离开范主席的"娘家"，汽车拐进一条蜿蜒的林间小路，葱郁的树木遮天蔽日，静谧幽深，恍若仙境，感觉走进了世外桃源。同车的吴江作家李云兴许也是第一次来，兴奋地拿出手机拍照，嘴里还发着啧啧赞美。茫茫林海，一望无际，想必这里便是被誉为华东平原的第一平原森林。我打开车窗，贪婪地吸着清香的空气。在这方充满吴越传奇的天然氧吧里，树木成就了森林，森林竭染了绿色，绿色赐予了大地最美的色彩。

春色迷人，春光无限，春天是如此美好。在桃源，除了随处可见的绿色，还有很多奇异的色彩，最绕不过的是黄色。千年陈酿的黄酒，让桃源享有"天下黄酒第一镇"的美誉。早在吴越春秋时期，当地居民就掌握了黄酒的酿造技术，精心酿制的吴酒作为宫廷贡酒。"林海酒乡、醉美古镇"，可谓是桃源的真实写照。那天在铜罗社区的枫桥河畔，我们参观了"苏南酒文化馆"。这座位于胜利街128号的徽派建筑，古朴典雅，散发着醇厚的酒文化气息。走进馆内，见一硕大的仿青铜酒爵正流淌着潺潺"酒水"，仿佛在诉说源远流长的黄酒历史；一块书有101个笔法各异的酒字屏风，似乎在讲述沧桑变幻的酿酒故事。馆内还设有传统酿酒工艺流程复原室，存有二十余家酿酒厂生产的样酒，及有关酒和酿制方面的实物与史料，是一个不可多得的黄酒史料馆。

江南水乡有许多古镇古巷，桃源也不例外。看得多了，有些审美疲劳，由于过度开发，大多已失去了原本的味道，让我这个怀旧的人，有了先入为主的麻木。第一次走进桃源的铜罗老街，这个几乎未被开发的古街区，令我眼前一亮，在这"吴根越角"的皱褶里竟让我找到了一种久违的亲切感，仿佛穿越时空回到了熟悉的童年。

临街的店铺很多，箍桶店、铁匠铺等一些手工作坊仍保留着儿时的影子；理发店也还是那个样子，从里边飘出来的依然是那股质朴的皂香味。老街的房屋看上去有些破旧，斑驳的墙体、开裂的门柱，甚至一砖一瓦都无声地记录着古镇的历史。古镇的保护与开发，历来是一对矛盾，从长远角度看，保护还是第一位的，即便是适度的开发也应该是保护性的。在与当地一位负责古镇建设的领导交谈中，让我看到了铜罗老街未来的希望。

铜罗又称严墓，古街两侧好多是清末民初的建筑，"严墓党史纪念馆"就如一位地下工作者那样默默地挤在其中。抗日战争期间，由于特殊的地理环境，这里曾是中共上海特科、中共浙西北特委、新四军军部政工组织等抗日战线的地下党组织的活动中心，播撒着许多红色的种子，唱响了一曲曲气壮山河的抗战之歌。在铜罗枫桥河廊的街口，一栋醒目的红色小屋引起了我的关注，木质的红墙上挂着"中共浙西路东特委和中共吴兴县委旧址"的牌匾，看了上面的介绍，获知这家名为"福泰兴烟纸店"的红房子，亦是当年传递革命火种的联络点。

小小桃源，看点很多，著名的汪宅、嘉乐堂，还有普慈寺里的汾阳王殿，都留下了采风团的足迹，而"林海天池"是桃源之行的最后一站。这个集吴越文化展示、生态旅游观光、原始野地踏荒和苏南民俗游乐于一体的文化生态园，传说是当年吴王夫差隐蔽战船的地方。岁月悠悠，沧海桑田，二千五百多年后的今天，成了人们休闲养生之地。"生态绿色养眼，空气清新养肺，新鲜美食养胃，幽静环境养心，美丽天池养生。"这个曾经被当地居民称为"荒天池"的无人岛，如今成了吸引八方游客的时尚乐园。

在天池文化园的会议室里，品着碧绿的香茗，听桃源镇党委书记如数家珍的介绍，特别是讲到他们的"五色经济"，让我对这座历史文化名镇有了更为全面的了解。红色的革命火种发源地，绿色的华东第一平原森林，银色的丝绸纺织服装，墨色的江南古镇老街，黄色的千年陈酿吴酒。五彩的颜色，描绘着桃源的美。我们有理由相信，桃源的明天会更加绚丽多彩。

锦绣盛泽

　　最早知道盛泽，知道这个因盛产丝绸而闻名遐迩的江南小镇，是缘于一首题为《盛泽》的古诗。"吴越分歧处，青林接远村。水乡成一市，罗绮走中原。尚利民风薄，多金商贾尊。人家勤织作，机杼彻晨昏。"诗的作者是明代诗人周灿，一位土生土长的盛泽人，他为许多没到过盛泽的外乡人描绘了一幅家家养蚕、户户织作、丝商云集、繁荣富庶的江南版"清明上河图"。

　　盛夏的盛泽，主人的热情热过了老天的热浪。应吴江作协浩锋主席之邀，参加"《人民文学》盛泽创作基地揭牌仪式暨全国著名作家绸都行"活动，有幸与盛泽握手拥抱，感觉就像见了久违的老友那样，十分亲切。一路采风，领略了既有乡村田园风光又有现代都市气息的景致，感受到了盛泽的开放包容和蒸蒸日上。如今的盛泽，依然商贾云集、绸业兴旺，百姓生活富裕、热情好客，并非像古诗里说的"尚利民风薄"。至少在我眼里，盛泽人有梦想、有闯劲、致富正、民风淳。

在盛泽，聊得最多的话题是丝绸。盛泽人对丝绸情有独钟，如数家珍，有聊不完的故事。不管是"丝韵水乡、绸都盛泽"的形象宣传片，还是盛泽领导和当地百姓的介绍；不管是行政服务中心的展厅，还是文体中心的展馆；不管是供奉嫘祖的先蚕祠，还是与工厂融合的产业园，无不显露盛泽人对丝绸的浓浓情结。

据说早在明嘉靖时，盛泽就有"以机为田，以梭为末"的丝绸专业集市；到了清乾隆年间，更是盛况空前。"风送万机声，晴翻千尺浪"，可谓无地不桑、无家不蚕、夫络妻织、子承父业，世代相传。以至于盛泽人有这样一种自豪的说法：关于丝绸，好多地方有历史，但已经没有今天；有些地方有今天，但不一定有历史。而盛泽，从古代的手工蚕丝生产，到今天的绸纺行业和商业市场，这条充满艰辛和欢乐的丝线一直延续着，始终没断过。甚至可以这么说，丝绸对于盛泽而言，如同衣食父母、如同知心朋友。盛泽人对丝绸的情感已深深融进了骨子里，成为生活中的至亲至爱。

丝绸，是盛泽走向世界的一张名片。历史上就以"日出万绸，衣被天下"而闻名。在中国这张硕大的版图上，虽然盛泽只是一个小小的乡镇，却与苏州、杭州、湖州这些"高大上"的城市同享中国"四大绸都"之美称。作为国内重要的丝绸生产基地、丝织品集散地和电子商务服务中心，今天的盛泽，丝心未变、绸情依然。

盛泽人除了肯吃苦、会经商，还有很强的文化意识，他们没有忘记传承与弘扬，盛泽丝博园就是一个明证。这座中国唯一的体验式丝绸庄园，展示了从栽桑、育种、养蚕、收茧，到烘茧、选茧、煮茧、缫丝、捻线，再到最后的织造、加工成各种丝绸产品以及销售服务所形成的一条完整的蚕桑与丝绸文化产业链。在丝博园，人们可以通过实物直观地了解蚕桑养殖和丝绸生产的整个过程，闻一闻真实的茧子味，摸一摸柔软的蚕宝宝，甚至可以待在缫丝女工身旁，亲身体验抽丝剥茧的辛苦与乐趣。

在互联网高速发展、传统商业模式日益边缘化的今天，盛泽人明白，与时俱进才能立于不败之地。他们始终保持着强烈的创新意识和忧患意识，不管社会如何变化，总能走在时代的前列。由盛泽人自主开发建设的纺织行业一站式第三方交易和服务平台"中国绸都网"，成为全行业内最早探索线上展示、线下交易和移动互联相结合的电子商务服务商。形成了信息、数据、交易、软件、增值服务等业务板块，其研发的"商务部中国·盛泽丝绸化纤指数"被誉为纺织行业的中国"道琼斯指数"。

说到盛泽的丝绸，不能不提宋锦。宋锦，源于春秋、成于宋代、盛于明清，因纹路细密、色泽艳丽、图案精致、质地柔韧而享有"锦绣之冠"的美誉，是中国丝绸的骄傲，也是苏州特有的人类非物质文化遗产代表作，故又称"苏州宋锦"，与"南京云锦""四川蜀锦"同被誉为中国三大名锦。盛泽地属苏州，自然肩负着传承和保护的责任。

中国宋锦文化园，就坐落于盛泽。这家由鼎盛企业打造的全国首个、也是唯一的一个以宋锦为主题的丝绸文化产业园，为我们开启了一道绚丽多彩的锦绣之门。宋锦文化展示区、宋锦工业旅游区、宋锦"新中装"展示馆、宋锦生活艺术馆和鼎盛丝绸工厂店，全方位多角度展示了宋锦的昨天、今天和明天。

在宋锦文化展示区的手工宋锦织造工场，看到了难得一见的千年宋锦古木花楼织机。高高的织机分上下两层，宛如好几架组合在一起的竖琴。织女们挥动着灵巧的手，仿佛琴师演奏。花楼织机需要两个人协同操作，一个楼上，一个楼下，遥相呼应。坐在楼上的挽花师傅依据图样，负责牵提衔线；楼下的织花师傅根据综片升降顺序，脚踩竹竿拉箱打纬。设经编纬，上下联动，不能有丝毫闪失。织造工场热浪滚滚，不知何故，在这闷热无比的夏天，工场内竟无空调，唯有几台嗡嗡作响的电扇。看着这些非物质文化遗产传人弯曲的背影和全神贯注的工作状态，崇敬之情油然而生。

离开闷热的织造工场，进入凉爽的宋锦"新中装"展示馆，一眼就看到了国家领导人与APEC各国领导人的合影照片。原来，在2014年北京APEC峰会上，各国领导人所穿的"新中装"，包括他们夫人身上的外套，甚至峰会上服务人员的服装，均由这家企业所生产的宋锦制作。故宫红、深紫红、孔雀蓝、金棕、黑棕、靛蓝，绚丽精致的面料，融合了传统、时尚、科技等多种元素，极具东方神韵，令世界瞩目。

盛泽因水而滋润、因丝而富有，这就是人间天堂般的江南水乡的真实写照。如果说，富有是盛泽的外表；那么，丝绸便是盛泽的灵魂。就像一位散发着由内而外魅力气质的女人，用她灵巧而聪慧的双手不断编织这座千年古镇的精彩和美丽。锦绣盛泽，前程似锦。期待这个温润而充满活力的东方丝绸之都，在通往世界的征程中，走出一条新的丝绸之路。

江南有个地方叫震泽

恕我孤陋寡闻，在去震泽之前，竟不知道太湖边上还有个叫震泽的地方。临行前看了地图、查了资料，才知震泽是一个既普通又不普通的江南小镇。说普通，她只是江南大地上星罗棋布的水乡之一；说不普通，其镇名用的是太湖的别称。在太湖流域，有哪个镇能冠太湖之名，可见她的不一般。既然这个不起眼的小镇能沾太湖之光，自然有她的道理，也一定有她的魅力所在。这么一想，我便有了一种渴望亲近的冲动。

那天去震泽，一路上晨雾缭绕，车在迷雾中穿行，我的心如颠簸的车轮忐忑不安。说实话，这不安有点像去约会恋人时的心情，担心能否按时赴约。车到震泽境内，浓重的雾气散了，我终于像撩开了仙女神秘的面纱那样渐渐看清了她的姣容。

来到震泽，首先迎候我的是 318 国道旁的新申农庄，这个濒临京杭大运河、占地三百八十亩的全国农业生态旅游示范园，像穿在运河这根银线上的一颗明珠，璀璨夺目。穿过那棵巨型"古木"横架，便进入了农庄的园门，据说里面有枇杷园、梨园、桃园、盆景园、蔬果园、苗木园、葡萄园、百花园等自然美景，还有平时难得一见的栾树、桤木、栲树、棕竹等一些叫得出名或叫不上名的植物。草鸡在香樟林内叽叽喳喳欢闹着，白鹅在清澈的池塘里自由自在嬉着水，而我捧着主人泡来的熏豆茶，独自一人沿着一条僻静的小路散步而去。那是一条绿荫长廊，我走了几步就走出了感觉，仿佛走在古运河一条久远的栈道上。我低头开始寻觅，寻觅那些承载历史的痕迹，确切地说，我想寻找我的祖辈，哪怕只是他的一枚脚印。运河上不时传来行船的马达轰鸣，像一位长者高亢的声音，他是在诉说还是在对我教诲？我不知道，因为我那只听惯了时尚话语的耳朵早已退化而听不清久远的声音。

在震泽，那些承载历史的痕迹有很多，只是我这双被霓虹灯光灼伤的眼睛没有看到罢了。今天我终于擦亮了眼睛，看到了诉说岁月沧桑的慈云塔和纪念大禹治水的禹迹桥，还有集清代建筑之大成的师俭堂和天文专著传后人的王锡阐纪念馆。那天，我伫立在王锡阐墓前，猛然发现墓头向阳处生长着一棵硕大的灵芝。紫褐色的灵芝苍劲而鲜活，宛如一面测日定时的三辰晷，这难道是上苍赐予王老先生的宝物？问过纪念馆里的看馆人，方知那棵灵芝被发现已有好几年了，至于什么时候长出来的，谁也说不清楚。是啊，世上有许多东西是说不清道不明的，都是冥冥之中的事，或许这也是一种魅力。

坐落于镇中心宝塔街上的师俭堂，就是一座魅力四射的古宅。这个三面临河，前门可上轿，后门可下船，集河埠、行栈、商铺、街道、厅堂、内宅、花园、下房于一体，前后六进一百四十七间房屋的江南水乡大宅门，无不令人称奇。江南的古宅少不了花园，师俭堂自然也有，走进她的锄经园，眼前忽然一亮，在亭台楼阁和回廊假山之间，闪出一位肩披丝巾的美人儿。我睁大眼睛想看个仔细，可那娇美的身影一闪就不见了。难道是当年小姐游园时的身影重现？转了一圈，再也找不到那位美人儿，便竖起耳朵想听听有没有当年小姐抚琴轻唱的余音，可半亭之上没有一点声息，静静的，只剩下我一个过客的喘息声。于是，我遐想起来，想象她一定是一位亭亭玉立、长发飘飘的女子。

冬日的震泽，温暖而惬意。虽然从师俭堂出来有点失落的寒意，但很快被宝塔街口温暖的阳光所驱散。搬几张椅子，泡一杯绿茶，靠坐在清澈的荻塘河岸边的空地上，真的很惬意。在阳光下喝茶，有一种萌春的感觉。"仁里坊"下那家茶庄里的阿婆很和善，泡来了茶，还端来瓜子、花生等小吃。同去的江南才子荆歌先生要我把找零的钱作为小费给茶庄的阿婆，她边推脱边红起了脸，死活不收，淳朴得令人心生爱意，如果是位年龄相仿的女子，说不定我连追她的心思都有了。

我的家乡也在江南，也是典型的江南水乡，但很少有像在震泽这片土地上那种久违的、温润的、沁入心扉的感觉。来震泽前，我也去过周庄、乌镇、甪直、锦溪等江南水乡名镇，但从没像今天见了震泽那么亲切，那么一见如故。她不一定是世上最美的，但她是最适合我的，就像我的恋人。

还没离开，已在念想，这便是震泽。

水乡茶客

　　说起茶客，尤其是江南水乡的茶客，不能不先提及"水"。水是生活的源泉，是生命的象征。人们永远也离不开对水的依附，而水乡茶客对水的钟情和依恋却又是另外一番景象。

　　不知从何时起，在我们这座城市里，许多闲适的水乡人有了这样一种嗜好，白天工作之前的第一件事就是进行一番"皮包水"的享用——喝茶，晚上睡觉之前的最后一件事又要进行"水包皮"的运动——泡澡，这一内一外由水的滋润，给这些水乡茶客带来了多么惬意的生活享受。

　　水乡的茶客对沏茗之水的要求是很高的，挑剔的程度甚至胜过了对茶叶的选择。不少人带上加仑桶，宁可长途跋涉、爬山登高去寻觅那些未曾污染的泉眼，为的是得到一壶泡茶的好水。好在我们拥有一座人见人爱的虞山，总能找到几处清冽的泉眼。

有一位老邻居，退休后依然坚持上班，不过，他去的不是原单位，而是虞山上的维摩寺，每天花上一两个小时，就为去维摩寺旁一处被他发现的泉眼里取水。一天，我随他同去，在泉眼旁看到一只羽毛很漂亮的野鸡也在饮水，正准备去抓它，被老邻居叫住。他教育我，"野鸡是山上的生灵，不能抓，这样的生灵多了，山上的泉水才不会枯竭。"想想也是，现在虞山上的泉水越来越少，与野鸡等山林里的生灵越来越少有很大的关系。

　　记得小时候，水乡的茶客除了用山泉水泡茶外，不少人还有用"天水"（雨水）泡茶的习惯，一些讲究的老茶客把最好的莳雨（出梅后的夏雨）存贮许久后才拿出来享用，据说夏季的雷雨会带来大量的臭氧，具有杀菌的功效。这些经典，真可以归入我们现在正时兴的"绿色食品"行列。不过，现在的雨水，其纯度根本不能与过去相比，恐怕没人饮用了。

　　说到泡茶的水，有件事让我记忆犹新。那是在我刚工作的那年秋天，我用第一个月的工资买了一盒碧螺春绿茶，回家后仿效着《红楼梦》里的妙玉用梅花上的雪水来泡茶的样子，把我外公辛苦积藏下来的陈年雪水泡了满满一壶茶。外公知道后把我臭骂了一顿，这倒不是他心疼那瓶久藏的雪水，而是怕伤了我稚嫩的脾胃。外公告诉我，雪水虽然纯净，但阴气过重不宜用来泡茶，它只是给那些发高烧或中暑病人退火消热的偏方良药。哦，原来不是任何水都可以用来泡茶的，哪怕是最最清纯的雪水。我就是在一次次对茶和水的认知中，渐渐成熟的，如今也成了一名忠实的水乡茶客。

有众多的水乡茶客，自然也有那些默默耕耘的水乡茶人，那个家喻户晓的"芦荡火种"——沙家浜，其真实故事就发生在我们这座小城边的芦苇荡深处，女主人阿庆嫂以她那水乡茶人的机敏灵巧，用她那乳汁般的醇水浓茶，在春来茶馆里演绎了一段军民鱼水情。还有我在电视上看到的，那位为开发野生"得雨活茶"而远离家乡的当代水乡茶人、德宇集团的刘浩元先生。他对茶的领悟已出神入化，对茶的感情也到了"你中有我、我中有你"的境界，而今他正用生命之水灌溉着他乡那片神奇的茶园山麓，同时又用心灵之声与江西的茶山古木调起了音，同奏一曲和谐的田园交响乐。这些都是我们这座江南小城的骄傲。水乡茶人的感人故事还有很多，那些或真实、或浪漫、或久远、或现代的故事，需要我们后来人不断去挖掘、去发现、去创造。

如今，在我居住的这座江南小城里，水乡茶客的队伍如滚雪球般地日益发展壮大，各种各样的茶座也像星星之火一样越开越多，越开越大。也许人们的生活节奏快了，生活的担子也越来越重了，但不管是男女，还是老少，对茶的钟情，对水的依恋，依然那么执着，那么倾心，甚至有过之而无不及。即便蛰居在小巷深宅的老人们，也常常会泡上一壶浓茶，听着收音机里的评弹清音，每天翻着淡雅平静的日历，悠闲地过着有茶的日子。相信不管是躲进茶楼，还是去山脚下的农家乐，还是在大自然里的露天茶室品茗的茶客，为的就是能得到一份闲情逸致。其实这份闲适，或多或少地折射出我们这座城市的繁华与美丽、宁静与和谐。

南浔的景致

　　倘若这个世界还有童年，还能回到从前，还可以呼吸到散发着青苔味的清新空气，那么这地方便是水乡江南，而南浔古镇就是徜徉在宋词意境里一位美丽的江南女子。

　　江南的古镇很多，除了南浔，还有诸如周庄、同里、甪直、西塘、乌镇等名镇，它们像一颗颗水晶葡萄，结在长江中下游平原的古运河这根枝藤上。我不知道夏奈儿为何策划将文化虞城的首次版主聚会放在南浔？这背后一定有她的想法和道理。听说夏奈儿在湖州待过，便猜想，或许南浔是她的梦里水乡，在那里有过她的童年，有过她的初恋，或许她想圆一个儿时没圆的梦。

　　南浔是一个典型的江南水乡，不管是古宅屋檐下临街窗棂的独白，还是小桥流水人家的呓语；不管是老街廊棚深巷里的叹息，还是河埠驳岸水栈上的欢笑，她始终褪不去旧时的月色。而越旧的东西往往越接近真实、越有价值，就像一件珍贵的古董宝物。她虽只是地球上一微不足道的点，但毕竟是江南一个可圈可点的地方。在丰饶的江南大地上，南浔如同少女脸上的一颗美人痣，吸引着无数人的目光。如果把这颗美人痣放大，我们便能看到很多不为人知的故事。南浔有很多名园，小莲庄、嘉业堂藏书楼、双林三桥、含山笔塔等都是亮丽的景点；南浔也出了不少名人，张静江、张石铭、徐迟、沈尹默等都是一些耳熟能详的名字。那天，借神舟旅行社王总的光，聆听了南浔古镇旅游营销公司朱总在饭桌上为我们上的一堂品读南浔的课。当然，在我们常熟，同样也可以从幽深的小巷中和历史的古墓里挖掘出很多名园、名家。

说到江南古镇的景致，其实大同小异，就像蓝印花布上那一个个小小的斑点，南浔是这样，同里、乌镇也是这样。如果跟着景点走，写出来的东西不是成了千篇一律的导游词，便是成了不收费的景点说明书。因此，真要叫我翻点花样去书写实在太难，即便是怀揣线装书，行走在历史的幽境里，也踩不出什么新的路子了。忽然想起电视台的帅哥主持 Close 在来南浔的车上布置的作业，真有点发愁。

江南小镇的游记散文难写，难就难在拥有大同小异的小桥流水人家，也只怪自己笔力有限。后来看了小滋的《096 班秋游记》、喜唐的《南浔游记》和竹园荒田的《乱乱糖（修正版）》等网友的奇文佳作，给我启发很大。原来，旅游散文可以这样书，也可以那么写。南浔只是一个模糊的点，虽然很亮，但它可以用别的点替换（也许夏奈儿会有意见），唯有行程是根真实的线，它有别于其他的线而缠绕在我那个有着温度的硬盘里。当然，这根线还需要游客们的拉动，否则也只是一根缥缈的虚线。

目的地是一个点，行程便是一根线，线往往比点更有意思，更令人难忘。现在，我终于找到了完成 Close 在车上布置的作业的捷径。

那天，在去南浔的车上，老陆告诉大家，说我前不久去了青藏高原，要我说说去青海西藏的感受。其实，资深美女夏奈儿也去过，同车的三三老师也口若悬河地跟我们分享了她在拉萨的生命体验。老陆缠着我，是醉翁之意不在酒，知道我口才不行，想让我在众人面前出出洋相，为流动的"箱子"增添一点别样的欢声笑语，而我如肚里吃了萤火虫一样亮堂。他的真实意图是想觅骗我在青海湖畔那个油菜花盛开的季节里吃辛吃苦采到的蜜。其实，也没啥可说的，就是看到了与江南水乡不一样的美景；所谓的吃辛吃苦，也是故弄玄虚，不外乎忍受了高原反应带来的不适；而采到的蜜，就是西北朋友给予我除了爱情以外的亲密友谊，还有六世达赖喇嘛仓央嘉措的两首情诗。如果大家还没忘的话，我在车上已给大伙儿朗诵过了，不知有没有被人见笑。

现在，让我们再回到南浔这个点上。那天去探望南浔的时候，枕在南太湖边的她依然不失古典的美，不过已出现了追求时尚的痕迹，身边堆了不少"钢筋水泥"等劣质化妆品（请南浔古镇的朱总见谅，喝了您的酒，说话的嘴依然不软）。我特别担心，担心她因过度的涂脂抹粉而变得不再真实，更担心她像周庄那样吃多了油腻的"沈三蹄"而变成一个大腹便便的富婆。要说江南古镇的美，就在于她的清丽，她的小家碧玉，而非长安城里的杨贵妃。但愿若干年后，我去南浔，她依然小家碧玉、清丽娇美。这又让我想起了夏奈儿。

夏奈儿是某医院专门洞察人类内心的可人儿，与南浔一样，也是喝太湖水长大的，后来到了常熟改喝长江水。她的可人之处倒不是她漂亮的外表，而是她内在的气质，学过油画的她，一招一式总有一种极富构图效果的画面感。据说她还在学摄影，想必学过绘画的人，摄影水平一定不错。绘画追求的是构图，摄影抓取的是镜像，如同一对孪生姐妹。由此推想，夏奈儿是一个热爱大自然、喜交友、爱玩的人。记得认识她那年，是一帮获奖文友去浙江杭州富春江一带集体游玩，那时的她正怀揣祖国未来希望的种子，挺着大肚子，跟常人一样跋山涉水，让同行的人替她捏汗。就凭这点，她的玩劲够大的。这次"文化虞城"版主聚会南浔，就是她当论坛管理员后，用自做的馄饨团子将我们几个老友诱惑入网的结果。

从南浔这个点，一路出发，可以生发很多故事。比如，夏奈儿在湖州待过已是不争的事实，而她的童年是否真与南浔有不解之缘，不妨作一番全面的考证，或许考证的过程又是一个故事产生的过程。下次，我得问问她，很想听听她童年的故事。或许，这将会是南浔的另一番迷人的景致。